KB080054

메타버스 단편소설

BRAIN

브레인투어

TOUR

김상균 지음

브레인투어

초판 1쇄 인쇄 2022년 3월 15일
초판 1쇄 발행 2022년 3월 22일

지은이 김상균
발행처 이야기나무
발행인 및 편집인 김상아
편집 장원석
디자인 한하림 오정은
일러스트 김라연 서재형
홍보/마케팅 안지인 이정화 전유진 김태연
인쇄 삼보아트
등록번호 제25100-2011-304호
등록일자 2011년 10월 20일
주소 서울시 마포구 연남로13길 1 레이즈빌딩 5층
전화 02-3142-0588
팩스 02-334-1588
이메일 book@bombaram.net
블로그 blog.naver.com/yiyaginamu
인스타그램 @yiyaginamu_
페이스북 www.facebook.com/yiyaginamu

ISBN 979-11-85860-56-5 03810
값 18,000원

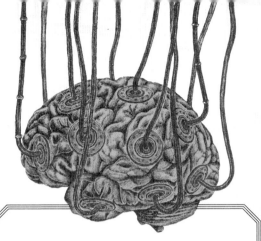

메타버스 단편소설

BRAIN

브레인투어

TOUR

김상균 지음

목차

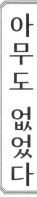

아무도 없었다

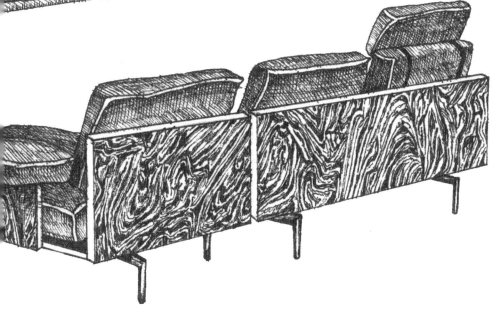

"띵동 띵동 띵동 띵동"

"아이, 토요일 아침부터 누구야?"

시끄럽게 울리는 벨소리. 인터폰 너머 보이는 낯선 두 사내의 모습에 형철은 졸린 눈을 크게 떴다.

"계시면 잠시 문 좀 열어주세요. ○○경찰서에서 나왔습니다."

신분증을 보여주며 현관으로 들어선 두 사내는 형철에게 간단한 인사를 하고는 거실 창만 뚫어지게 쳐다봤다.

"신 형사님, 이 집도 창문이 이렇네요."

"그러게. 혹시 어젯밤 10시에서 12시경에 집에 계셨나요?"

"네. 그렇긴 한데, 무슨 일로 그러시죠?"

"어젯밤 10시에서 12시 사이에 집 앞쪽, 그러니까 거실 창밖의 화단 쪽에서 살인 사건이 발생했거든요."

"살인 사건이요?"

형사들의 목소리가 들렸는지 안방에 있던 아내 미선이 거실로 나왔다.

"혹시 아내분은 어젯밤에 창밖으로 뭐 보시거나, 들으신 것 없으세요?"

"네. 아무것도요. 보시다시피 저희 집 창이…"

미선과 형철은 지난해에 이 아파트 1층에 입주했다. 고층에 비해 가격은 좀 비쌌지만, 층간소음 걱정이 없고 화재 시에도 안전한 1층을 분양받았다. 요즘 신축 아파트의 거실 창은 대부분 증강현실 기능을 갖추고 있다. 그렇다 보니 조망권 때문에 고층을 선호하던 분위기도 사라졌다. 어젯밤에 미선과 형철은 와인을 마시며 거실 창을 통해 강릉 바닷가 바로 앞에서 바라보는 느낌의 영상과 소리를 즐겼었다.

"저희가 어제 밤바다 소리를 좀 크게 해놓고 있어서 아무 소리도 못 들었는데요."

"신 형사님, 어쩌죠? 이 집이 마지막인데, 다들 어젯밤에 증강현실 창을 켜놓고 있어서, 목격자가 없네요."

"형사님. 혹시 아파트 CCTV에는 찍힌 게 뭐 없나요?"

"네. 그게 하필이면 어제 CCTV 저장 장치가 고장이 났었다고 하네요. 게다가 요즘 신축 아파트에는 경비 보시는 분들도 너무 적고, 하여튼 알았습니다."

"근데, 살인 사건이 맞나요? 어제 무슨 일이…"

미선의 질문에 두 형사는 잠시 멍한 표정을 지었다.

"피해자 소지품이 다 없어진 걸 보니 강도 사건 같은데, 자세한 건 조사를 해봐야죠."

형사들이 돌아간 뒤, 증강현실 창을 ㄲ자 창밖으로 화단의 모습이 보였다. 영화에서나 보던 폴리스라인이 쳐져 있고, 방호복을 입은 사람들이 분주하게 움직이고 있었다. 지켜보던 미선의 어깨가 심하게 떨렸다.

"에이 뭐 볼 게 있다고 그래."

형철은 증강현실 창을 다시 켜고는 미선의 어깨를 감싸 안았다. 창밖으로 대관령의 넓고 푸른 초원이 펼쳐졌다.

"미선아. 우리가 그걸 봤다고 해서 뭘 할 수 있었던 것도 아닌데, 신경 쓰지 마."

"그래도…"

"당신이 그걸 봤으면, 오히려 트라우마 생겼을 수도 있어. 형사들이 알아서 해결할 거야."

월요일 출근길에 보니 아직도 폴리스라인은 그대로였다.

✦ 한 달 뒤 ✦

그 사건이 어떻게 해결됐는지는 알 수 없었다. 아파트에서는 CCTV를 추가로 설치하고, 로봇 경비 시스템을 보강했다는 안내 방송을 내보냈다. 야근한다는 미선의 소식에 형철은 혼자 식탁에 앉았다. 거실 창에 상암동 월드컵 경기장을 켜두고, 치킨을 곁들여 맥주를 즐겼다. 오늘은 우리나라와 일본의 A매치 축구 경기가 있는 날이다. 월드컵 경기장 VIP석에서 보는 것 같은 생생한 현장감이 거실 창을 통해 느껴졌다. 결과는 3대 2로 우리나라의 역전승이었다. 시계를 보니 미선이 올 시간이 훌쩍 지나있었다. 전화를 걸었지만 받지 않았다. 다시 걸어도, 또다시 걸어도 미선은 응답하지 않았다.

출입금지-POLICE LINE-수사중 ✦ 출입금지-POLICE LINE-수사중 ✦ 출입금지-POLIC

아무도 없었다

그렇게 자정이 지나고, 아침이 밝아왔다. 그때 전화기 벨이 울렸다.

　"저기, 장미선 씨 남편분 맞으시죠?"

　"네. 근데 누구시죠?"

　"선생님. 저는 한 달 전쯤 아파트 화단 쪽에서 살인 사건 났을 때 선생님 집에 들렀던 OO경찰서 형사입니다."

　"네. 근데 그 살인 사건 때문에 제게 전화하신 건가요?"

　"그게… 그게 아니고요. 선생님 진정하고 잘 들으세요. 아내분이신 장미선 씨가 어젯밤에 사고를 당하셨습니다. 지금 바로 OO병원 쪽으로 와주시기 바랍니다."

　"네? 사고요? 무슨 사고를, 아니 OO병원 어디로 가면 되죠? 응급실로 가면 되나요?"

"죄송합니다. 영안실로 와주셔야겠습니다."

○○병원 영안실 앞. 한 달 전쯤 집에 들렀던 두 형사와 마주쳤다.

"아내분이 자상이 많으셔서, 일단 본인 여부만 간단히 확인해주시는 게…"

형철은 형사들을 밀치고 영안실로 들어섰다. 철제 테이블 위에 아내 미선이 누워있었다. 어제 아침, 출근길에 입고 나간 개나리 빛깔의 원피스 곳곳이 검붉게 물들어있었다.

"아, 여보, 미선아! 이게 무슨…"

형철은 그 자리에 주저앉고 말았다. 미선은 퇴근길 버스 안에서 강도를 당했단다. 현재 버스 안에 설치된 CCTV로 범인을 특정하여 추적 중이라고 했다.

"버스 안에 사람들이 많았을 텐데 어떻게 이런 일이…"

"아 그게, 아시다시피 버스가 다 자율주행이잖아요. 기사분이 안 계셔서"

"그 시간이면 버스 안에 다른 사람들이 있었을 거 아닙니까."

"음, 어제 한일전 축구 경기가 있었잖아요. 버스 안에 승객이 정확히 12명이 있었는데, 모두 VR헤드셋 쓰고 월드컵 경기를 봤더라고요. CCTV를 보니 다 그랬습니다. 아내분이 사고당한 시간이 정확히 후반전에 동점골 터졌을 때라 사람들이 뭐 버스 안에 앉아있었다 뿐이지, 강도 사건이 있는지도 몰랐다고 하네요."

"어떻게, 어떻게 이런…"

아무도 없었다

"그러게요. 버스에 비상벨이 여덟 개는 달려있었는데, 아무도…"

이때 다른 형사가 들어왔다.

"신 형사님! 범인 잡았답니다."

"뭐? 벌써?"

"네. 버젓이 자기 집에서 자고 있었다네요. 잡고 보니 지난번 OO 아파트 화단 살인 사건도 그 자식 소행 같은데요."

"그건 무슨 소리야?"

"그 자식 집에서 당시 피살자 소지품이 나왔다는데요. 그리고 집안 벽에 사람 10명 죽이고 자살한다고 크게 적혀있었다고 하네요. 뭐 더 조사를 해봐야겠지만요."

더 이상 형철의 귀에 형사들의 음성은 들리지 않았다. 고장난 헤드셋이라도 끼고 있는 듯이 윙윙거리는 잡음만 귓속을 채웠다. 정신이 혼미해지는 형철. 그의 곁에는 미선도, 아무도 없었다.

올드보이의 악몽

"한 시간을 구매하시면, 기본 금액 1,000만 원에 100만 원이 붙으니 총 1,100만 원이네요."

"그런데 정말 확실한 건가요?"

확신이 서지 않았다. 재차 확인하는 내게 사내는 즉답하지 않았다. 그는 담배에 불을 붙이고 자신을 파묻듯 소파 등받이에 몸을 깊숙이 기대었다. 천장을 응시한 채 연기를 길게 내뿜고는 무심하게 말을 뱉었다.

"그렇게 믿기 어려우시면… 이런 경우는 처음이지만 먼저 직접 경험해보는 것도 방법이죠. 체험 비용은 50%로 해서 딱 절반만 받고 해드리겠습니다."

"아닙니다. 뭐 그렇게까지야…"

사내는 허리를 세워 앉으며 내 얼굴을 바라봤다. 한쪽으로 올라가는 그의 입꼬리. 미소인지 조롱인지 알 수 없었다. 내일이면 현아가 떠난 지 백 일째 되는 날이다. 그러나 아무도 처벌받지 않았다. 아무 일도 일어나지 않았다. 그래서 나는 지금 여기에 있다. 현아를 죽음으로 내몬 아이들, 그중에서도 은정에게 벌을 내리고 싶었다.

"아버님. 이미 설명해드렸지만, 돈만 낸다고 서비스를 다 해드리는 건 아닙니다. 현아, 그러니까 죽은 따님의 상황을 저희 조사팀이 면밀하게 분석했고, 판결팀에서 서비스 제공을 결정한 겁니다. 테마는 벌레가 딱 맞습니다. 저희가 가해자 SNS를 모두 확인했는데, 벌레 공포증이 상당하네요."

"벌레요?"

"네. 테마는 뭐 다양합니다. 콘크리트 바닥, 사막, 수풀, 자갈밭 등이요. 그런데 은정이는 벌레를 무서워하니, 벌레에게 보내야죠. 은정이는 함께 어울리는 일진들과 주말마다 술을 마십니다. 저희는 그때를 노릴 겁니다. 저희 운영팀이 그때 접근해서 작업할 겁니다."

"작업이요? 그러면 납치하는 건가요?"

"아이고 무슨 그런 끔찍한 말씀을. 납치는 아니고 가해자, 그러니까 은정이를 차에 태워서 잠시 드라이브하다가 집에 데려다준다고 보시면 됩니다."

사내가 설명한 운영팀의 작업 방식은 이러했다. 은정을 차에 태워 한 시간 동안 외곽 도로를 달린다. 그사이 약물을 투여해서 은정을 반수면 상태에 빠트리고, 가상현실 장비를 통해 미리 설정된 현실에 은정을 가두는 방식이다. 약물과 가상현실 장비의 작용으로 은정은 현실보다 삼십 배 느린 시간을 경험한다고 했다. 한 시간을 가둬두기로 했으니, 은정이가 실제 느끼는 시간은 서른 시간이 되는 셈이었다.

"그런데 서른 시간이면, 너무 금세 끝나는 게 아닐까요? 정말 걔가 큰 고통을 받기는 할까요?"

"음… 뭐, 매번 저희 고객들이 궁금해하는 점이기는 합니다. 인간이 느끼는 공포, 좌절감, 절망감, 고립감, 무기력감 등 온갖 부정적 감정을 다 모아서 서른 시간 동안 겪는다고 보시면 됩니다."

"……"

"그래도 좀 찜찜하신가 본데, 김상균 교수라고 아시죠? 메타버스 연구하는 분이요."

"아 네."

"어떤 상황에서 인간이 가장 괴로워하는지, 그 교수님에게 자문 받아서 만든 시스템이니 걱정하지 않으셔도 됩니다."

"김상균 교수라는 사람이 이런 잔인한 연구를 했나 보군요."

"하하. 그런 건 아니고요. 오히려 그 반대죠. 그 교수님은 원래 사람이 언제 몰입하는지, 무엇을 즐거워하는지 등을 연구한 분입니다. 쉽게 말씀드리면, 저희는 그분이 제시하는 반대의 상황을 범죄자들에게 경험하게 하는 겁니다."

"혹시 나중에 문제 생길 일은 없나요?"

"문제요? 어떤 문제냐에 따라 다르죠."

"그게 혹시…"

"그 아이는 자기에게 무슨 일이 있었는지 절대 모릅니다. 아니 뭐 알긴 하지만, 알아도 할 수 있는 게 없죠. 집에 가는 길에 한 시간 동안 차에 탄 게 전부인데, 뭐 본인이 느끼기에는 하루 넘게 벌레로 가득한 공간에 갇혀있었다고 생각하겠지만, 존재하지도 않는 공

간이고 실제 흘러간 시간이 한 시간인데, 그걸 얘기한다고 누가 믿어나 주겠어요? 부모나 경찰에게 얘기해도 술 마시고 정신 나간 소리 한다고 혼이나 날 겁니다."

사내가 내 앞에 서류와 펜을 내밀었다. 이제 망설일 것이 없었다. 계약서에 서명하고, 비용을 입금했다.

✦ 한 달 뒤 ✦

현아의 친구였던 지은이에게 카톡을 보냈다. 반에는 별다른 일이 없는지 넌지시 물었다. 무슨 일이 생겼는지는 모르겠지만, 은정이. 내 딸 현아를 죽음으로 몰아가고도 반성문 한 장만 쓰고 태연하게 지내던 그 아이가 얼마 전부터 학교에 나오지 않는다고 했다. 학교에 은정이가 정신병원에 입원했다는 소문이 돈다고도 전해줬다.

✦ 석 달 뒤 ✦

극심한 갈증에 눈을 떴다. 한동안 눈앞이 흐릿했다. 잔잔하고 푸른 출렁임이 서서히 눈에 들어왔다. 발 앞에, 좀 더 멀리, 더 멀리, 더 멀리, 시선이 닿는 곳 끝까지 푸른 출렁임이 이어졌다. 바다 같았다. 나는 끝없이 펼쳐진 바다 한가운데 홀로 서 있었다. 푸른 물결이 내 무릎 아래 높이에서 출렁댔다. 중학교 시절 친구들과 바닷가에서 놀다가 물에 빠졌던 트라우마가 되살아났다. 무릎 정도 깊이의 바다라 생각하고 물싸움을 하며 몇 걸음을 더 옮기다, 내 키를 넘는 구덩이에 빠져 허우적댔던 기억. 나는 그때 이후로 물에 몸을 담그지 못했다. 그런데 나는 지금 바다 한가운데 서 있다. 발을 떼기 어려웠다. 소리를 질러도 누구 하나 대답하지 않았다. 몸을 숙여 손으로 바닥을 더듬으며 몇 걸음을 간신히 떼어봤지만 바뀐 것은 없었다. 그 순간, 한쪽으로 입꼬리를 올리던 그 사내의 얼굴이 떠올랐다.

'혹시… 혹시 내가?'

그렇다. 나는 지금 작업을 당하고 있다. 하지만 아무것도 할 수 없었다. 그저 이 악몽이 빨리 지나가길 애원할 뿐이었다.

'대체 누가 나를 여기에 가뒀을까? 내가 무슨 잘못을 했길래…'

회사 동료, 거래처 사람, 친구, 친척, 여러 사람의 얼굴을 떠올려봤지만, 나를 바다 한가운데 가둔 이가 누구일지 짐작조차 하기 어려웠다. 바닥에 무릎을 꿇고 눈을 감았다. 상념을 지워버리고 잠에 빠져들고 싶었다.

'잠이요? 약물 투입한다고 말씀드렸죠? 절대 잠들지 못합니다. 한 시간 작업하는 거니까 서른 시간 동안 제대로 악몽을 꾸는 거고, 깨어나도 그 기억은 그대로, 아주 깊숙이 박히게 됩니다. 그래야 제대로 벌을 받는 거죠.'

그 사내의 건조하고 차가운 목소리가 떠올랐다.

'누굴까? 대체 누굴까?'

문득 현아가 떠올랐다. 현아가 끔찍한 따돌림, 괴롭힘을 당하는 동안 나는 아무것도 눈치채지 못했다. 어쩌면 지금 나를 여기에 가둔 이는 현아일지 모른다. 새벽까지 스마트폰을 손에서 놓지 못했던 현아. 유튜브 그만 보고 어서 자라고 잔소리만 해댔던 나. 나는 현아가 스마트폰 속에서 24시간 고통받고 있음을, 스마트폰 안에 지어진 거대한 철창 속에 갇혀있음을 알지 못했다. 아니다. 알고자 했던 마음은 있었을까? 거대하고 검푸른 물결이 일렁이며 나를 덮쳐왔다. 뒤돌아 달렸다. 또 다른 물결이 일렁이며 나를 덮쳐왔다. 도망갈 곳이 없었다. 숨을 쉬기 어려웠다. 현아가 내게 남기고 간 마지막 카톡 메시지가 떠올랐다.

'아빠, 나 숨쉬기가 힘들어. 사랑해.'

그 자리에 멈춰 섰다. 사방에서 검푸른 파도가 사납게 달려왔다. 검푸른 파도 속에 나를 내던지고 싶었다.

'현아야, 미안해. 아빠가 정말 미안했어.'

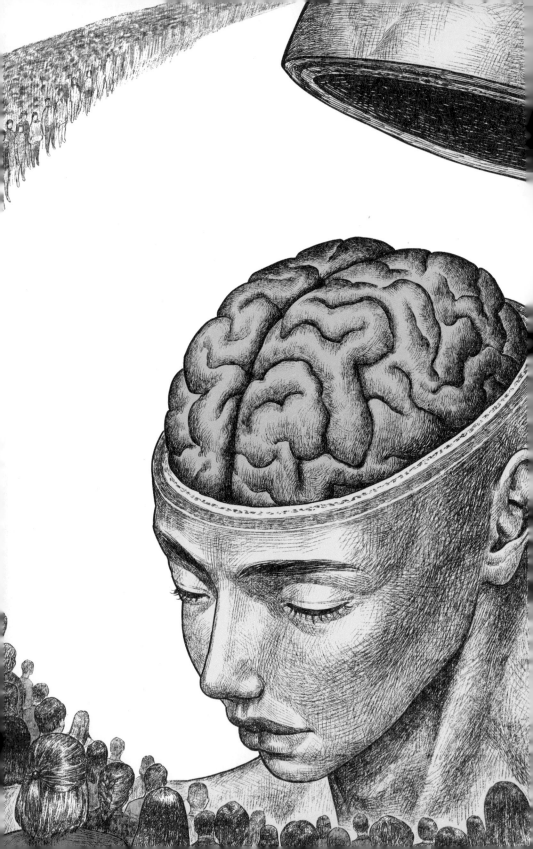

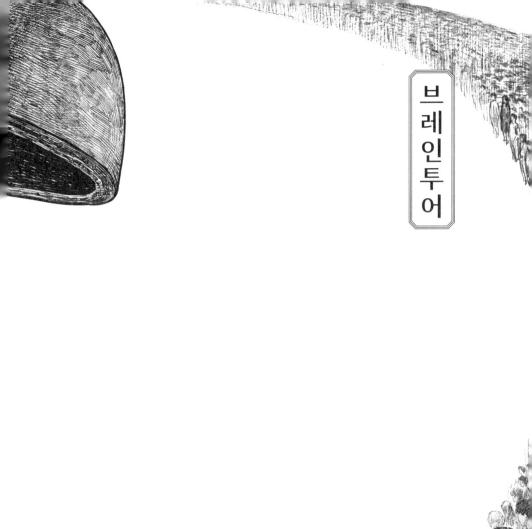

브
레
인
투
어

"시우야. 이번 기회에 한몫 챙기고 다 접자."

"진짜 싫다니까! 내 머릿속을 남들이 헤집고 돌아다니게 내가 놔 둘 것 같아?"

"내가 이런 말까지 안 하려고 했는데, 너 광고도 이제 다 끊겨가고 팬클럽 멤버 수도 뚝뚝 떨어지고 있어. 솔직히 이번에 낸 싱글도 반응 엉망인 건 너도 알잖아?"

퇴물이 되어가는 아이돌 시우와 소속사 대표 사이의 대화를 듣 고 있던 주식회사 브레인투어의 정 실장이 입을 열었다.

"대표님께서 대략적인 수익을 말씀해주셨겠지만, 제가 한 번 더 정리해드리면 대략 이렇습니다. 1시간을 여행할 수 있는 골드티켓은 한 장에 29만 원, 시간당 50명분의 티켓을 판매하는데, 하루에 8시 간을 자니까 하루에 총 400명에게 판매합니다. 30분을 여행하는 실 버티켓은 한 장에 19만 원이고, 시간당 100명, 하루에 8시간을 자니 까 하루에 총 800명에게 판매하고요. 이렇게 한 달 동안 여행을 돌리 면 총매출이 대략 80억 원 정도 됩니다."

"그래 시우야. 80억을 브레인투어와 반씩 나누고, 거기서 회사 몫으 로 10억 떼고 나면, 네가 한방에 30억을 당기는 거야. 이런 장사가 어딨 냐? 너는 그저 한 달 동안 하루에 8시간씩 편하게 잠만 자면 되는 건데."

잠든 사이, 누군가의 머릿속에 접속해서 그의 과거 기억을 낱낱 이 둘러보며 탐험하는 브레인투어가 시작된 지 일 년여가 지났다. 탐험 대상자의 건강을 고려해서 동시접속을 100명으로 제한하고 있

으며 하루에 8시간 동안 운영이 가능한
데, 1시간 탐험이 가능한 골드티켓, 30분
탐험이 가능한 실버티켓으로 나눠서 판매
되고 있다.

"그게 문제라고! 그 말대로면 하루에 1,200명, 한 달이면
3만 6천 명이 내 머릿속을 다 뒤지고 다니면서 내 기억을 죄다 들
여다보는 거잖아."

"시우야, 그래 네 말이 다 맞아. 근데 뭐 그게 대수냐? 네 개인정보나
일상생활은 이미 관찰카메라다 뭐다 해서 팬들에게 다 공개됐잖아.
거기에 네 기억을 좀 얹어서 보여주는 게 뭐 어때서 그래?"

"말이면 다야. 형이면 자기 머릿속을 생판 모르는 남들에게 다 까
발릴 수 있겠어?"

"아니 무슨 말을 그렇게 하냐. 나라고 꼭 이게 좋아서 그러겠냐.
그리고 그 뭐야 메모리 커튼이라고 했나요? 일부 기억을 못 보게 막
을 수 있다고 하셨죠? 그것 좀 설명해주세요."

"네. 시우 씨께서 분명 팬들에게 보여주고 싶지 않은 기억들이 있
으실 겁니다. 그런 부분을 메모리 커튼으로 가릴 수 있습니다. 대략
이렇게 생각하시면 됩니다. 브레인투어 준비 단계에서 저희가 시우
씨의 뇌를 스캔할 텐데 그때 시우 씨가 감추고 싶은 기억에 관한 단
어를 집중해서 떠올리시면 됩니다. 단순하게 보자면, 그때 활성화되
는 부분을 체크했다가 저희 쪽에서 여행객들이 접근하지 못하게 막

아주는 식입니다."

"그래 시우야. 너 지난번에 마약 스캔들 터졌던 거, 마약 관련된 기억을 팬들이 들춰보지 못하게 막으면 되지 않겠어?"

"뭔 소리야! 나 마약한 적 없는데, 형도 나를 못 믿고 있었어?"

"아니 내 말은 그게 아니라…."

"얼마 전에 저희 브레인투어에서 히트했던 여배우 J씨의 경우는 부모님에 관한 기억을 메모리 커튼으로 막으셨었어요. 시우 씨도 그런 식으로 막아두시면 됩니다. 무엇을 막으시는지는 저희도 알 수 없으니 안심하시고요."

"그래 시우야 그렇게 하자. 네 건강에는 문제가 없다잖아. 이번 기회에 네 빚도 다 해결하고 너도 그냥 나랑 헤어져서 너 하고 싶은 음악 편하게 하고 그렇게 지내면 좋잖아."

✦ 한 달 뒤 ✦

"대표님. 티켓은 예상대로 다 판매되었습니다."

"아이고 다행이네요. 그나저나 VIP 티켓은 어떻게…."

"그 부분은 걱정 안 하셔도 됩니다. 말씀드렸던 대로 한 장당 2억, 총 10명에게 판매되었고요. 저희 측과 대표님이 반반 나눠서 10억씩 가져가면 됩니다."

"그게 팔리네요. 아니 어떤 사람이 시우의 기억을 한 시간 동안 들여다보는 데 2억이나 낸 거죠?"

"뭐 그건 말씀드릴 수 없습니다만, 메모리 커튼으로 가려진 기억까지 은밀하게 다 들춰본다는 게 큰 매력이죠. 그래서 저희와 대표님이 이면으로 비밀 계약을 한 거고요. 물론 VIP 티켓은 100% 현찰로만 판매하고, 구매한 고객분들도 저희 브레인투어와 거래한 사실은 비밀로 하실 겁니다. 안 그러면 저희도 그렇지만 그 고객분들도 골치가 아프게 되니까요. 그리고 당연한 얘기지만, 이면 계약 내용은 시우 씨에게 절대로 말씀하시면 안 됩니다."

"그야 당연하죠. 그런데 지난번에 얘기했던 그 여배우 J는 VIP 티켓이 더 비싸게 팔렸다면서요?"

"네, 그때는 좀 경쟁이 붙어서 한 장당 3억씩 나갔습니다."

"대체 J가 감췄던 게 뭐길래…. 하긴 나는 우리 시우가 뭘 감췄는지도 모르겠어요."

"그 부분은 다음 주에 브레인투어가 시작되면 알 수 있겠죠. 늘 그래왔지만, VIP 투어에는 제가 동행하거든요."

정 실장의 눈가에 무겁고 서늘한 미소가 어둡게 감돌았다.

✦ 한 달 뒤 ✦

"이 대표님. 입금된 건 확인하셨죠? 이제 다 정리되었네요."

"아이고 고맙습니다. 정 실장님 덕분에 시우나 저나 한몫 단단히 잡았네요.”

짙게 깔린 구름에 가려 달빛 한 점 없는 어두운 밤이었다. 45층 스카이라운지, 아이돌 시우의 소속사 이 대표와 브레인투어 정 실장은 둘만의 마지막 인사를 나누고 있었다.

“그런데 실장님, 지난번에 얘기하신 VIP 투어는 어떻게…”

“아무래도 그게 궁금하셨나 보네요. 말씀드릴까요?”

“…”

정 실장은 팔짱을 낀 채 소파 깊숙이 몸을 묻었다. 고개를 조금 돌려 초점 없는 눈빛으로 창밖을 내려다보며 VIP 투어, 시우의 메모리 커튼에 가려진 이야기를 들려주었다.

✦

8년 전, 시우의 데뷔 무대는 엉망으로 끝났다. 생방송의 압박 때문이었는지 어렵게 얻은 큰 무대에서 시우는 노래 가사도 잊어버리고 안무를 끝까지 연결하지도 못했다. 방송이 끝난 늦은 저녁. 강남 모 술집의 밀실에 시우와 이 대표, 그리고 시우의 데뷔 무대를 허락했던 방송사의 안미정 국장이 앉아있었다. 시우는 몇 잔의 양주를 받아먹고는 정신을 잃은 듯 테이블에 엎드려 있었다. 안 국장의 화는 쉽게 누그러지지 않았다. 눈치를 살피던 이 대표는 곁눈질로 잠든 시우를 보더니, 안 국장 앞에 무릎을 꿇었다. 안 국장은 꼬았던 다리를 풀고는 몸을 숙여 이 대표의 뺨을 여러 차례 세차게 때렸다.

이 대표의 양쪽 볼이 벌겋게 달아올랐다. 안 국장은 비아냥대는 표정으로 이 대표의 얼굴에 얼음물을 끼얹었다. 이 대표는 고개를 푹 숙인 채 안 국장의 발밑에 머리를 조아렸다. 잠시 후 안 국장은 이 대표가 내민 봉투를 받아서 핸드백에 넣고는 방을 나갔다. 이 대표는 잠든 시우를 보며 깊은 한숨을 쉬고는 시우 곁에 앉았다. 안주로

나온 견과류와 과일을 삼키듯 입에 쑤셔 넣었다. 정신없었던 데뷔 무대 날, 이 대표는 밤 10시까지 아무것도 먹지 못했다.

◆

"아 시우가 그걸 어떻게 알았는지… 그때 분명 시우는 안 국장, 그 마녀가 주는 양주를 스트레이트로 몇 잔 먹고 뻗어있었는데요."

"시우 씨가 메모리 커튼으로 가렸던 기억 속 이야기입니다. 시우 씨는 잠든 척하고 있었을 겁니다. 다 알았던 거죠. 그러니 VIP와 제가 그 상황을 볼 수 있었던 거고요."

"그, 그렇군요. 시우 녀석, 그게 뭐 대단한 거라고. 그걸 그렇게 가려두려고, 이 바닥에서 뭐 그런 일이야…"

"이 대표님, 이야기가 거기서 끝난 건 아닙니다."

"네? 그다음에는 제가 시우를 집에 데려다준 게 다인데요."

정 실장은 탁자 위에 놓인 잔에 맺힌 이슬을 잠시 바라봤다. 맺힌 이슬을 한 손으로 움켜쥐듯 닦아내고는 한 모금에 잔을 비웠다.

"시우 씨가 취한 척을 했었잖아요. 이 대표님이 시우 씨를 숙소에 내려주고 떠난 뒤, 시우 씨는 전화를 한 통 하고는 다시 숙소에서 나왔습니다. 그리고 어디론가 갔습니다. 아마도 그걸…"

"네? 시우가 그 밤에 혼자 어디를 갔는데요?"

"안미정 국장에게 갔습니다. 안 국장이 혼자 있는 오피스텔로."

"아니 시우가 왜, 그 시간에 안 국장에게 왜…"

아무런 대꾸 없이 정 실장은 자리에서 일어서서 이 대표의 오른쪽 어깨를 가볍게 한번 두드리고는 멀어져 갔다. 정 실장이 떠난 것도 모른 채 멍해져 있던 이 대표는 시우에게 전화를 걸었다. 시우는 전화를 받지 않았다. 다시 전화를 걸어도 받지 않았다. 이 대표는 소파에 몸을 숨긴 채 멍한 눈빛으로 창밖을 내려다봤다. 굽어진 한강을 따라 수많은 불빛이 영롱하고 평화롭게 무언가를 찾아 떠가고 있었다.

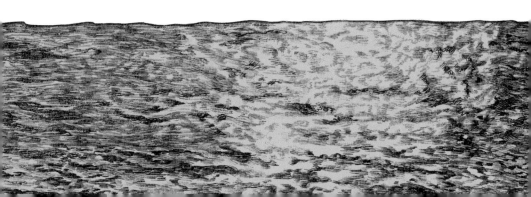

Confusion

Admiration

Adoration

Aesthetic appreciation

Amusement

Boredom

Calmness   Awe

Anger

Romance   Craving

Empathic pain

Joy

Entrancement

Fear

Nostalgia

Interest   Horror

Anxiety

Sexual desire

Sadness

Surprise

Satisfaction

Disgust

Excitement
Awkwardness

국내영업본부의 승진 대상자는 총 10명. 이 중 세 명은 승진하며, 세 명은 다음 기회를 기다리고, 네 명은 떠나게 된다. 물론 모두 과락을 넘기지 못하면 한 명도 승진하지 못하겠지만, 그런 일이 생긴 적은 없다고 들었다. 아침 아홉 시부터 시작된 승진 시험, 이제 마지막 단계만 남았다. 시험장에 앉은 다른 동료들 모두 지친 기색이었다.

"자, 이제 마지막 단계입니다. 태블릿에 감정 분석 대상자가 뜰 겁니다. 최근 일주일, 그 사람이 느꼈을 주요 감정을 다섯 개 고르면 됩니다. 주된 감정을 위쪽에 배열하고, 상대적으로 적게 느낀 감정을 아래쪽에 배열하시는 것 잊지 마시고요."

감독관의 안내가 끝나자 내 앞에 놓인 태블릿에 이름이 떴다.

'송호성 팀장'

'아, 송 팀장님이구나.'

어찌 보면 다행이라고 생각했다. 늘 함께 지내지만, 사업부에서 오가며 마주치는 동료 수십 명의 감정을 제대로 읽어내기란 그리 쉬운 일은 아니다. 그런데 송 팀장님이라면, 그나마 다행이라는 생각이 들었다.

'최근 일주일이라…'

시험장에 들어오기 전 최근 일주일, 내 감정이 어떠했는가를 어젯밤에 확인했었다. 처음에는 이런 목걸이를 걸고 있는 게 몹시 어색했지만, 그런 느낌은 입사 후 며칠 만에 사라졌다. 우리 회사만 목걸이를 쓰는 것도 아니고 대학 동기들이 다니는 다른 회사에서도 전부 다 이 목걸이를 사용한다
고 들었다. 얼핏 보면 내가 어릴
적, 아침마다 출근하던 부모님
의 목에 걸려있던 사원증 목걸이와
비슷하다. 다만 목걸이 줄 뒷부분에 새끼손가락 두께의 장치가 달려
있고, 내 목덜미와 맞닿은 장치가 내 감정을 읽어간다. 목걸이가 읽
어낸 각자의 감정은 회사의 서버에 기록되는데 정보 중 나는 내 감
정만 확인할 수 있다. 회사는 모두의 기록을 분석해서 무언가에 쓴
다고 하는데, 가끔 카운슬러를 붙여주는 것 이외에 어떤 목적으로
그 기록을 쓰는지는 잘 알지 못했다. 다만, 지금처럼 승진시험을 볼
때면 시험 대상자 모두가 알고 있는 주변 동료 한 명을 임의로 배정
해서, 그 사람의 최근 감정을 맞추는 테스트에 활용해왔다.

'불안, 갈망, 혼란, 로맨스, 역겨움'

지난 일주일, 내 감정 로그(log)를 살펴보니 이러했다. 다음 기회
를 기다리는 세 명, 아니면 떠나는 네 명에 포함되지 않을까 하는
생각이 나를 불안, 갈망, 혼란으로 몰아넣었을 테다. 그래도 그런 나
를 위로해주는 자현이가 곁에 있어서 다행이었다.

'역겨움. 역겨움이라…'

27개의 감정 중 다섯 번째를 기록한 역겨움, 왜 거기에 역겨움이
있는지 생각이 바로 나지는 않았었다. 그러나 오랜 시간이 걸리지는
않았다. 이주 전, 송호성 팀장님 부인의 장례식장에 갔었다. 차량 결

함인지, 운전 미숙인지, 원인을 정확하게 밝혀내지 못했지만 송 팀장
님의 부인은 홀로 강원도에 계시는 부모님 댁에 다녀오던 중 차가 낭
떠러지로 떨어지는 사고로 돌아가셨다. 며칠 전 회사 휴게실에서 기
획본부 직원 두 명이 나누는 대화를 우연히 들었다.

　　"마누라 죽고 보험료도 왕창 챙겼다던데, 송 팀장 노난 거지!"

"그러게, 나도 이참에 와이프 보험이나 알아봐야겠다."

"에구 아서라. 그것도 잘 알아봐서 해야…"

장례식장에서 눈물을 흘리는 송 팀장님을 곁에서 위로해주던 이들이었는데. 아마도 그들의 대화가 한동안 내게 역겨움을 가져왔으리라.

"자. 여러분, 시간은 10분입니다."

감독관의 지시에 다시 태블릿 화면에 집중했다.

'송호성 팀장은 지난 일주일 동안 주로 어떤 감정을 느꼈을까요? 다음의 27개 감정 중 주된 감정 다섯 개를 순서대로 고르길 바랍니다. 선택한 다섯 개 감정의 총합은 85%입니다. 따라서 선택한 감정 다섯 개의 총합이 85%가 되도록 감정의 비율을 입력하기 바랍니다. 본 테스트에서 제공하는 감정 항목은 캘리포니아대학의 코웬과 켈트너가 도출한 27개의 감정 분류에 기초합니다.'

화면을 응시했다. 27개 감정이 알파벳순으로 나타났다.

Admiration 존경

Adoration 숭배

Aesthetic appreciation 미적 감상

Amusement 유희

Anger 분노

Anxiety 불안

Awe 경외

Awkwardness 어색함

Boredom 지루함

Calmness 침착

Confusion 혼란

Craving 갈망

Disgust 역겨움

Empathic pain 동병상련

Entrancement 황홀함

Excitement 신남

Fear 두려움

Horror 공포

Interest 관심

Joy 즐거움

Nostalgia 향수

Relief 안도

Romance 로맨스

Sadness 슬픔

Satisfaction 만족

Sexual desire 성적 욕구

Surprise 놀람

'27개의 감정이라…'

감정을 선택하기가 쉽지는 않았다. 대학시절에 재학 중인 시절, 김상균 교수님이 수업에서 설명해줬던 실험이 떠올랐다. 싱가포르의 난양이공대 연구팀이 진행했던 메멘토(Memento) 실험. 사람의 감정을 실시간으로 읽어서 라이프로그(Lifelog)를 생성하는 실험이었다. 실험 참가자들은 안경 형태의 비교적 가벼운 장비를 착용하고, 실험실, 사무실, 공원, 거리 등을 돌아다녔다. 그 과정에서 그들의 감정은 자동으로 측정되고 기록되었는데, 자동으로 기록된 라이프로그는 공포, 실망, 슬픔, 만족, 기쁨, 행복 등의 감정을 80% 정도 맞췄다고 들었다. 메멘토 실험보다 꽤 많은 감정 분류. 다섯 개를 고르기가 쉽지 않았다.

✦ 얼마 뒤 ✦

"어떤 걸로 선택했어?"

"음, 나는…"

"뭐 어때. 이미 시험 다 끝났잖아."

입사 동기 수민이었다. 시험이 끝났으니 학교에 다니던 시절처럼 서로 답안을 맞춰보자는 것이다.

"나는 슬픔, 혼란, 불안, 두려움, 향수를 골랐는데…"

"어, 나랑 비슷한데!"

몇몇 동기와 답안을 맞춰봤는데, 대부분 비슷했다. 나도 그랬지만 동기들도 부인이 사고로 떠난 지 얼마 안 된 상태에서 송 팀장님의 감정이 그러했으리라 짐작한 듯했다.

✦ 일주일 뒤 ✦

'동료에 대한 감정 공감도 평가: 과락'

탈락이었다. 동병상련이라고 해야 할지, 나를 포함한 아홉 명이 탈락했다. 입사 동기 중 기석이만 통과했다. 그나마 다행인 점은 탈락한 아홉 명 모두 다음 기회를 얻기는 했다는 것이다. 시원한 음료수라도 마시려고 휴게실을 찾았다. 음료수를 앞에 놓고 수민과 기석이 대화를 나누고 있었다.

"기석아, 너는 답을 어떻게 입력했어? 슬픔, 불안, 뭐 그런 걸로 입력한거 아니야?"

"아이, 다 지난 시험인데 뭘…"

기석은 수민의 질문을 어정쩡한 미소로 넘길 뿐이었다. 나도 기석이 제출한 답안이 궁금했으나, 기석은 손사래를 치며 자리를 떠났다.

"대체 답이 뭐였을까? 기석이 쟤는 대체 어떻게…"

✦ 이주일 뒤 ✦

"야. 너 그 소식 들었어?"

휴게실에 있는 내게 수민이가 다가와 은밀하게 말을 건넸다.

"수민아. 너 지금 Excitement 신남 상태 같다."

"뭔 소리야. 신남은 무슨. 송 팀장님 다음 주에 재혼한대."

"재혼이라고? 송 팀장이면 송호성 팀장님 말하는 거야?"

"그래. 우리 사업부에 송 팀장이 송호성 팀장 말고 또 있냐?"

"벌써 재혼을…"

"응. 게다가 상대가 누군지 알아?"

송 팀장의 재혼 상대는 열 살 넘게 차이가 났다. 그러나 중요한 건 나이 차가 아니었다. 재혼 상대는 기석의 사촌 누나였다.

"뭐가 어떻게 된 거야? 송 팀장님 아내분 돌아가신 다음에 기석이가 자기 사촌 누나를 팀장님에게 소개해 준 거야?"

"아니, 그게 아니야. 둘이 이미 사귄 지 몇 달은 넘었대."

"그게 무슨 소리야? 송 팀장님 아내분 사고로 떠나신 게 아직 두 달도 채 안 됐잖아?"

"그래. 그러니까 대박이지! 더 대박인 건 기석이는 이미 알고 있었나 봐. 지 사촌 누나랑 송 팀장이 사귀는걸."

"근데 두 사람이 어떻게…"

"기석이 사촌 누나가 J사 유통 파트에 있나 봐. 그래서 기석이가 송 팀장에게 사촌 누나를 소개해 줬나 본데, 뭔 일이 있었는지 둘이 그렇고 그런 사이가 된 거지. 그 사촌 누나는 미혼이라는데, 송 팀장 재주도 좋아. 대단한 양반이야!"

수민이는 계속 무언가를 떠벌렸으나, 그다음에 수민이가 어떤 이야기를 했는지 잘 기억이 나지 않는다. 퇴근 후 잠자리에 누웠다.

오늘 나의 감정 기록을 띄워봤다. 스크린에 그려진 감정의 워드클라

우드. 그 가운데 한 단어가 크고 굵게 자리 잡고 있었다.

'Disgust 역겨움'

"자, 고객님. 이쪽을 보시면 욕실이 정말 웬만한 호텔 이상이죠?"

"네. 욕실은 좋네요. 그런데 아무래도 주방이 다른 곳보다 좀 작게 나온 거 같아요."

"에이. 요즘에는 배달 음식이나 간편식 많이들 이용하시잖아요? 그러다 보니 요즘은 이렇게 주방이 약간 미니멀하게 나오기도 하는 추세에요."

"전체적으로 마음에 들기는 하는데…"

90%는 넘어왔는데, 아쉬웠다. 늘 그렇지만 90%는 별 의미가 없다. 고객이 계약서에 도장을 찍으려면 100%가 필요하다.

"좀 더 생각해보고 말씀드릴게요."

저녁 식사 자리. 남편 상훈과 마주 앉아있지만, 주연은 낮에 놓친 고객 생각뿐이었다.

"여보, 당신 또 일 생각하는구나?"

"어, 미안. 여보 잠시만…"

주연은 휴대폰을 꺼내어 문자를 보냈다.

'고객님 내일(토요일) 오후에 가족분들과 302호 다시 보고 싶다고 하셨죠? 제가 미리 가서 대기하고 있겠습니다. 내일 뵙겠습니다.'

"당신 또 미끼 던진 거야?"

"당신도 이제 척하면 척이구나."

주연은 국내에서 가장 큰 부동산 에이전시에서 십 년째 일하고 있다. 문자를 보낸 주연은 휴대폰을 내려놓지 않은 채 지켜봤다. 10

분 정도가 지나니 고객으로부터 답장이 들어왔다.

'네? 저는 내일 집 다시 보러 간다고 말씀드린 적 없는데요.'

'아… 고객님 죄송해요. 제가 문자를 잘못 보냈네요. 죄송합니다.'

'302호를 다른 분이 보러 오시나 봐요?'

'네. 고객님 오늘 오전에 302호를 먼저 보신 분이 계신데, 내일 가족분들 모두 모시고 다시 보러 오신다고 하셔서요. 오늘은 혼자만 보고 가셔서요.'

식사를 마치고 드라마를 보고 있는데, 다시 문자가 들어왔다.

'혹시 내일 오전에 302호 다시 볼 수 있을까요? 저도 가족들과 다 같이 가서 보려고요.'

주연의 입가에 미소가 감돌았다. 상대의 마음에 조바심을 불러 일으키기 위해, 희소한 물건임을 강조하기 위해 가끔 쓰는 낚시. 집을 꽤 마음에 들어 했으나 몹시 우유부단해 보였던 고객에게 이번에도 통했다.

✦ 다음날 ✦

"여보, 집 계약됐어. 한 건 했다!"

"와, 당신 정말 대단하다."

주연은 오전에 집을 다시 보러온 고객과 계약에 성공했다. 여전히 주방이 조금 좁아 보여서 걱정했던 고객을 위해 주연은 마지막 카드를 제시했다. 거추장스러운 식탁 조명을 심플하고 감각적인 것

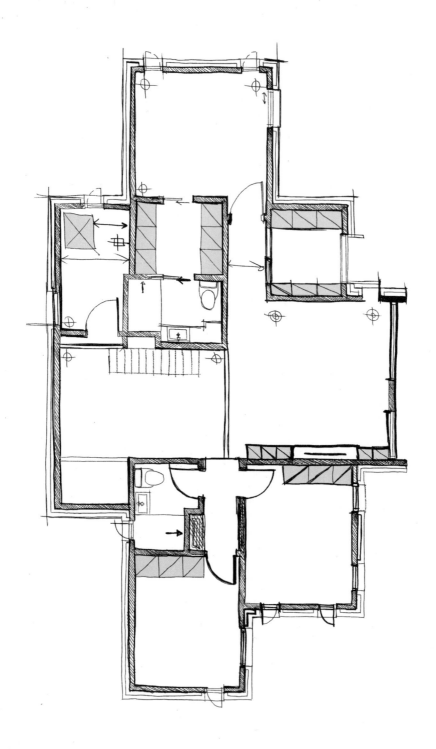

나는 나를 해고했다

으로 교체해주고, 50만 원 상당의 음식 배달 앱 쿠폰을 선물해주기로 했다. 80만 원 정도의 지출이 생기지만, 성과급이 400만 원은 들어올 테니, 손해는 아니라고 생각했다.

"자칫하면 이번에도 안 팀장에게 뺏길 뻔했지 뭐야. 안 팀장이 데려온 고객이 아무래도 302호 계약할 것 같았거든."

✦ 한 달 뒤 ✦

"여보, 주말인데 또 나가?"

"내가 하는 일이 뭐 그렇잖아."

"당신 주중에도 저녁까지 고객들 데리고 집 보여주러 다녔는데, 요즘에는 휴일도 계속 그러네."

상훈은 부동산 영업직으로 일하는 아내 주연이 항상 마음에 걸렸다. 겉으로는 늘 즐겁고 씩씩하게 일하는 듯했지만, 주연이 꿈꾸던 일과는 거리가 먼 것임을 잘 알기 때문이었다. 국문학을 전공한 주연의 꿈은 소설가였다. 다른 이의 삶, 그 이면에 담긴 이야기를 통해 많은 이들에게 따뜻함과 서늘함을 동시에 전해주고 싶다는 게 주연의 꿈이었다.

"여보 괜찮아. 근데 회사에서 뭔가 희한한 걸 도입하더라고."

"희한한 거?"

"응. 회사에서 인공지능 에이전트를 만들어서, 저녁이나 주말에 활용해본다고 하더라고."

"인공지능 에이전트가 당신 대신 고객들에게 집을 보여준다고? 그게 어떻게 가능해?"

"우리도 증강현실 글래스 종종 쓰잖아. 우리 회사 고객이 집을 보러 가서 증강현실 글래스를 쓰면 내 모습을 한 인공지능 에이전트, 회사에서는 그걸 아바타라고 부르던데, 아무튼 그 아바타가 글래스를 통해 나타나서 고객들에게 집 구조나 조건 등을 설명해주는 방식이더라고. 나도 체험해 봤는데 꽤 그럴듯했어. 정말 함께 집을 보러 가서 설명해주는 느낌이던데."

"그것 괜찮다. 그러면 당신 이제 저녁이나 주말에는 좀 쉴 수 있겠네. 그런데 그 아바타는 어디서 일을 배운 거야?"

"우리 회사에서 몇 달 전에 영업 직원들 휴대폰에 아바타 학습 앱을 깔았어. 그 앱을 통해서 우리들이 고객 상대하는 방법을 수집한 다음 분석하고 학습했다는데, 뭐 사실 나도 정확히 어떤 식인지는 모르겠어."

✦ 석 달 뒤 ✦

"아, 이번에도 또 뺏겼네."

최근 들어 주연의 계약 체결 건수가 급감했다. 처음에는 저녁 시간, 주말에만 아르바이트식으로 나서던 아바타. 한 달 전부터 회사는 시간대에 상관없이 사람과 아바타 가운데 고객이 상담사를 선택할 수 있도록 하기 시작했다. 프로모션 명분으로 아바타 상담사를 선택한 고객에게는 집안 조명 하나를 무료로 교체해주고, 외식 쿠폰도 지급해줬다.

✦ 석 달 뒤 ✦

"그래. 여보 잘 생각했어. 돈이야 내가 계속 벌고 있는데 무슨 걱정이야. 당신이 그동안 나보다 더 고생했으니, 그냥 잠시 쉰다고 생각해도 좋지."

주연은 부동산 에이전시를 그만뒀다. 스스로 사직서를 낸 모양새이기는 했지만, 다른 영업직 직원들처럼 주연도 버티기가 힘들었다. 고객이 찾지 않는 직원, 일이 없어도 사무실에 우두커니 앉아있는 직원, 그 모습을 스스로 참아내기가 힘들었다.

"당신. 다른 데 취업하지 말고, 원래 하고 싶었던 것 다시 해보면 어떨까?"

"무슨 일?"

"무슨 일은. 당신 아직도 소설 쓰고 싶어 하잖아. 당신 가끔 몇 문장씩 습작하는 것 나도 알아. 그리고 당신 글은 여전히 정말 멋져."

"이제 와서 무슨…."

"아니. 나는 당신이 꼭 등단하고 엄청난 소설가가 되고 그러라는 건 아니고, 그냥 당신이 꼭 하고 싶어 했던 건데 나 때문에 꿈을 접은 것 같아서 늘 미안했거든."

"무슨 소리야. 그게 왜 당신 때문이야. 그건 아니지."

✦ 일 년 뒤 ✦

"여보! 정말 축하해. 당신 정말 대단하다."

낮에 메시지를 확인했지만, 주연은 여전히 믿기지 않았다. 반 년 전부터 하루에 20줄씩 온라인 책방에 소설을 연재해왔는데, 오늘 대형 프로덕션인 스튜디오드림에서 연락이 왔다. 좋은 조건으로 드라마 판권을 사고 싶다는 제안이었다. 집을 파는 사람들, 집을 보러 오는 사람들, 그들의 삶에 담긴 이야기. 어찌 보면 매우 단조로운 내용이었지만 주연은 자신의 경험을 담아서 이야기를 풀어냈다. 그 작업을 반 년 동안 하루도 쉬지 않고 이어왔다.

"내가 당신한테 고마워. 다 당신이 응원해준 덕분이야."

"응원은 무슨. 당신이 포기하지 않고 꾸준히 해서지. 안 그래도 이제부터라도 응원 좀 해볼까 하는데…"

"응원? 그게 무슨 소리야?"

"주연아. 우리 교외로 이사 가자."

"이사라니, 갑자기 무슨…"

"당신 그전부터 좀 더 한적한 공간에서 글 쓰고 싶어 했잖아. 이제 이 빡빡한 도시 좀 벗어나서 살아보려고."

"그래도 당신 일하려면 여기가 편하잖아."

"아니 꼭 그렇지도 않지. 당신도 알다시피 우리 회사도 이제 모바일 오피스 위주로 근무하는데 뭐. 일주일에 하루 이틀 정도만 움직이면 되지 않을까?"

"정말 이사 가도 괜찮겠어?"

"당연하지. 내가 사실 봐둔 집이 있어. 내일 나랑 집 보러 가자."

✦ 하루 뒤 ✦

"여보, 이거 정말 신기하다. 이게 예전에 당신이 얘기했던 아바타구나."

"그러게. 근데 그때 내가 체험했던 것보다 훨씬 더 발전했는데."

상훈과 주연은 증강현실 글래스를 착용하고 인공지능 부동산 에이전트 델타의 안내를 받으면서 집을 둘러봤다. 델타는 집의 외형적 구조뿐만 아니라 건축 공법, 안전 설계 등 다양한 부분까지 조목조목 빼놓지 않고 설명해줬다.

"덕분에 집 잘 둘러봤네요. 제가 다시 연락드릴게요."

"네. 고객님. 저는 24시간 고객님을 기다리고 있으니까, 언제라도 편하게 연락주세요."

✦ 그날 저녁 ✦

"여보. 아까 그 집이 다 좋긴 한데 너무 산밑이어서 뱀이나 다른 산짐승이 들어올까 봐 좀 걸리네. 담장도 높은 게 아니기도 하고."

"그치. 좀 그런 면은 있지. 그래도 당신이 집필실로 쓸 방은 뒤로 산이 있고, 앞으로 강가를 조망할 수 있어서 정말 좋지 않겠어?"

"맞아. 거기 전망은 정말 최고더라."

막상 자신이 살 집을 찾으려고 하니 주연의 마음도 이리저리 흔들렸다. 그때 주연의 휴대폰에 메시지 알림음이 울렸다.

'고객님 안녕하세요? 오늘 집 보여드렸던 델타라고 합니다. 내일 저녁에 가족분들과 함께 집을 다시 보고 싶다고 하셨죠? 스케줄 잡아두었습니다. 제가 미리 가서 대기하고 있겠습니다. 내일 뵙겠습니다.'

주연은 한동안 아무 말 없이 문자를 응시했다. 그 문자는 마치 과거의 내가 지금의 내게 보내온 것만 같았다.

당신은 사랑받았습니다

아내와 결혼한 지 5년이 흘렀다. 강하고 단단해 보이지만, 커다란 외로움의 그림자를 드리운 모습. 처음 만났던 아내는 그런 사람이었다. 그리고 나도 그런 사람이었다. 고등학생 시절 사고로 부모님을 잃고 홀로 지내온 나처럼 아내도 홀로 자라왔다. 함께한 5년 동안 우리에게 드리웠던 그림자는 점점 옅어졌다.

그러나 아내가 짊어지고 살아온 고통과 외로움은 예상보다 더 크고 무거웠다. 아내는 여섯 살 무렵부터 보육원에서 자라왔는데, 아내의 기억 속 엄마는 자신을 보육원에 맡기고 떠난 매정한 뒷모습뿐이었다. 엄마를 찾으러 간다고 보육원 밖으로 뛰쳐나갔다가 교통사고를 당했고, 그 후유증으로 어린 시절의 기억은 다 지워진 채 아내의 머릿속에는 멀어지는 엄마의 뒷모습, 분홍색 원피스의 뒷모습만 남아 있었다. 아내는 자신이 버려진 아이라는 사실, 그리고 또다시 버려질지 모른다는 두려움에 여전히 괴로워했다.

✦

"여보. 나 그 치료 받아볼래."

"그래. 영애야 잘 생각했어. 미국에서 군인들 외상 후 스트레스 장애 치료에도 쓰인다잖아."

아내는 가상현실 치료를 받기로 결심했다.

대학병원 정신과 전문의로 있는 친구 형석의 권유였다. 아내는 처음에 별로 내켜하지 않았지만, 몇 번의 상담을 거치며 다른 환자들의 사례를 듣고는 점차 마음을 열었다. 아내가 어린 시절 살던 동네를 찾기가 쉽지는 않았다. 아내가 가진 거라곤 달랑 사진 한 장뿐이었다. 보육원에 들어갔던 여섯 살 무렵. 아내와 엄마, 둘 다 분홍색 원피스를 입고 찍은 사진. 배경은 보리칼국수라는 간판이 보이는 한적한 지방 소도시의 풍경이었다. 다행히도 최근 운영을 시작한 3차원 메타버스 공간정보시스템을 통해 사진에서 보이는 일부 배경만 가지고도 그 위치를 찾아낼 수 있었다.

✦

"이 사진이 OO면 사거리잖아요. 저희가 공간정보시스템에서 그쪽 지역의 시장, 공원, 놀이터 등의 옛날 모습을 VR로 가져왔습니다. 영애 씨는 VR 헤드셋을 쓰고 어린 시절로 돌아가서 엄마를 만나실 겁니다. 엄마의 얼굴은 사진 속 모습으로 나타나고요. 옷도 사진에서처럼 분홍색 원피스를 입고 계실 겁니다."

아내는 VR 헤드셋을 통해 25년 전 과거로 돌아갔다. 분홍색 원피스를 입은 엄마의 손을 잡고 오솔길을 걷고, 시장을 누볐다. 2주 정도가 지났을까 아내가 먼저 말을 꺼냈다.

"여보. 나 거기 가볼래."

"정말? 당신 괜찮겠어? 정말 가볼까?"

공간정보시스템을 통해 어린 시절 살던 동네의 위치를 확인하고
도 아내는 그곳에 가보고 싶어 하지 않았었다.

"엄마랑 같이 갔던 그 보리칼국수라는 가게 가보고 싶어. 찾아보
니까 그 가게 아직도 있던데…"

✦

"와 이거 정말 오래된 사진이네요. 저희
아버지가 그전 사장님한테 이 가게를
인수했거든요. 이건 아마 그전 사장님
이 가게를 운영할 때 같은데요. 보리칼
국수란 간판은 여전히 그대로지만요."

칼국숫집 사장님은 뜨끈한 칼국수와 겉절이를 테이블에 내려놓
고는 우리가 내민 사진이 신기한 듯 한참을 쳐다봤다.

"한 삼 년 전부터는 제가 가게를 맡아서 하고 있거든요. 아버지라
도 계셔야 혹시 사진 속에 있는 손님 어머님을 아시는지 여쭤볼 텐
데, 아 이거 아쉽네요. 아버지한테 연락이라도 한번 해볼까요?"

"아닙니다. 칼국수 먹고 저희끼리 동네 한 바퀴 둘러보려고요."

✦

"당신답지 않게 그 많은 칼국수를 다 먹었네."

"그러게. 배 속이 꽉 찬 것 같아."

당신은 사랑받았습니다

칼국수와 겉절이를 깨끗이 비우고, 아내와 나는 보리칼국수 앞 벤치에 앉아 거리를 둘러봤다.

"칼국숫집 사장님 얘기대로 최근 몇 년 동안 외지인들이 들어와서 건물을 많이 올렸다고 하더니, 정말 이제는 사진 모습과는 많이 다르다. 그치?"

"응, 그렇기는 하네. VR로 본 예전 풍경과는 많이 다르다."

아내가 갖고 있던 사진 속 사거리 풍경과 지금의 모습은 많이 변해있었다.

"여보. 근데 나 속이 좀 불편하네."

"속이 불편해? 체한 건가?"

"아니. 그건 아니고. 너무 많이 먹어서 화장실 좀…"

"아이고 어쩐지 당신답지 않게 그 많은 칼국수를 다 먹더라. 천천히 다녀와. 여기서 바람이나 쐬고 있을게."

아내는 겸연쩍은 미소를 짓고는 칼국수 집으로 다시 들어갔다. 아내의 사진과 거리 풍경을 대조해서 살펴보고 있는데, 누군가 다가와 말을 건넸다.

"아이고 이게 누구야! 이거 이장 집 쌍둥이구만."

고개를 돌려보니 굽은 허리로 지팡이를 짚고 있는 할머니께서 내가 손에 쥔 사진을 쳐다보고 있었다.

"어르신. 이 사람을 아세요?"

"그럼. 잘 알지!"

아내의 손을 잡고 있는 사진 속 엄마. 어르신은 그 엄마가 예전 동네 이장의 딸이라고 했다.

"그런데 쌍둥이라뇨?"

"이쪽에 꼬마가 이장 첫째 딸이 낳은 아이고, 여기 꼬마 손 잡은 이가 둘째 딸이잖아. 둘이 쌍둥이고."

어르신의 얘기로 사진 속 분홍색 원피스를 입고 있는 이는 엄마가 아니고, 아내의 이모였다. 쌍둥이 이모.

"아이고… 그 집도 안 됐어. 이장 부인은 쌍둥이 낳다가 산통으로 죽었고. 이장 혼자 애들 다 키웠는데, 큰딸은 다 키워놓으니 어떤 이상한 놈팡이 만나서 돌아다니다가 노름에 빠졌지 뭐야. 그러더니 이 꼬마만 이장한테 맡기고 집에도 안 들어오고. 그래서 여기 이 둘째 딸이 꼬마를 혼자서 다 키웠지 뭐야."

"네? 근데 사진 속 이 사람이 엄마가 아니라 이모인 줄은 어르신이 어떻게…"

"그걸 왜 몰라. 이장네 첫째 딸은 꼬맹이만 던져놓고 집에는 뭐 돈 끊기면 돈 달라고 들어오고. 나중에 소문으로는 노름빚에 쫓겨서 어디 팔려 갔다 외국으로 도망갔다 뭐 얘기만 많았어. 그리고 이장네 둘째가 늘 이렇게 분홍색 옷만 입었거든. 그래서 지 조카도 이렇게 분홍색 옷 입혀서 늘 지가 엄마처럼 데리고 다녔어."

"그러면 혹시 사진 속에 이분, 이모는 어떻게 지내는지 아세요?"

"아이고 어떻게 지내기는 뭘, 이장네 첫째가 노름빚에 몰려서 이장네 재산 다 말아먹었잖아. 이장은 그래서 화병으로 죽었고. 여기 이 둘째는 자기 엄마 닮아서 원래 좀 골골거렸어. 나중에 위암인가 걸려서 오래 살지도 못했어. 뭐 친인척도 없고 어떻게 하겠어. 이 꼬맹이 아마 보육원에 맡겼나 그랬을 거야. 그리고 요양원에 들어가서 아마 한 달도 못 넘기고 죽었다나?"

"그럼 혹시 엄마, 그러니까 이장네 첫째 딸 소식은 그 이후로는 없고요?"

"아, 그게 맞다! 얼마 전에 요 건너편에서 복덕방하는 장 씨가 그러더라고. 요즘에 여기 큰길 새로 내면서, 토지대장인가 뭔가가 어쩌고저쩌고해서 땅 주인 찾는 게 있다는데, 2주 전인가 3주 전에 어떤 여자가 찾아와서는 이장 집은 보상받을 게 없냐고 한참 묻고 갔다더라고."

"그, 그래요?"

"그렇다니까. 근데 그 여자가 무슨 열흘 굶은 사람처럼 얼굴은 퀭하고 몸은 삐쩍 말라서 처음에는 장 씨가 못 알아봤는데, 나중에 돌아가고 나서 생각해보니, 이장네 큰딸 같다는 거야. 아니다. 잠깐 있어 봐! 내가 저기 가서 복덕방 장 씨 이리 데리고 올 테니."

"아닙니다. 어르신. 괜찮습니다."

"기다려봐. 기다려."

할머니는 먼저 급하게 걸음을 떼면서 손을 뒤로 저으며 내게 기다리라고 당부했다.

"저 할머니는 누구셔?"

어느새 곁에 아내가 다가와 있었다.

"아 그게… 길 물어보신다고…"

"길은 무슨. 당신도 여기 처음 와본 건데."

"그, 그치 뭐."

"여보, 우리 저쪽 시장 구경하러 가볼까?"

"어. 당신 속은 이제 괜찮아?"

"나는 괜찮아. 근데 당신 표정이 왜 그래? 무슨 일 있어?"

"아니, 일은 무슨. 그게 아니라 우리 서울로 지금 올라가자."

"서울로? 여기 더 안 둘러보고?"

"그게 사무실에서 연락이 왔는데, 새로 들어온 실험 장비에 문제가 생겼는지 안 팀장이 급하게 나를 찾는데 어쩌지?"

"그래? 큰맘 먹고 멀리 왔는데, 아쉽지만 할 수 없지 뭐. 사무실에 바로 가봐야 한다는 거잖아?"

"응. 미안해."

◆

조수석에 앉은 아내. 아내는 차창을 내리고는 하늘을 올려다봤다. 아내의 긴 머리가 가을바람에 흩날렸다.

"여보, 고향에 와보니까 어땠어?"

"고향이라…"

당신은 사랑받았습니다

"별 느낌 없었어?"

"좋았어."

"그래?"

"뭐랄까. 잘 둘러보지는 못했지만, VR로 봤던 거리를 실제로 보니까 VR에서 엄마 손 잡고 걸었던 느낌, 그 따스함이 진짜처럼 느껴지는 것 같기도 하고. 형석 씨가 그랬잖아. 어쩌면 우리 엄마가 참 따뜻하고 좋은 사람이었을지 모른다고. 내가 버려진 게 아니라, 어쩔 수 없이 보육원에서 자랐을지도 모른다고…"

아내는 더 이상 말을 잇지 않았다. 아내의 흩날리는 머리카락 사이로 가을 햇살이 눈부시게 쏟아졌다. 눈부시게 쏟아지는 가을 햇살이 아내의 무거운 그림자를 모두 씻겨내고 있었다.

언아더월드

베두인의 삶을 동경했었다. 다큐멘터리로 접했던 그들은 마치 다른 세계에서 살아가는 몽환의 모습이었다. 내가 이 지역을 선택한 배경에는 그런 몽환에 관한 판타지가 있었기 때문이다. 나는 웨스트랜드의 사막지대에서 5년째 무기상 일을 하고 있다. 그렇다고 무기만 취급하지는 않는다. 전사들에게 필요한 각종 물약, 갑옷, 장신구 등을 함께 취급한다. 때로는 무기상보다는 바텐더, 카운슬러에 더 가깝지 않을까 싶다. 지구 위를 떠도는 이들, 그리고 이 세계에서 웨스트랜드를 떠도는 이들의 말 상대가 되어주는 역할. 지금 내 모습은 사실 베두인과는 점점 더 멀어지고 있다. 일주일에 이틀 정도만 떠돌 수 있을 뿐, 늘 이곳을 지켜야 하니까.

A desert road from Vegas to nowhere,
Some place better than where you've been
A coffee machine that needs some fixing
In a little cafe just around the bend

"김 교수님. 오늘도 이 음악이네요?"
"자네들이 여기를 바그다드 카페라고 부르잖아. 안 그래? 근데 뭔일이 있었길래 갑옷이 다 찢어졌어?"

"테킬라나 한 잔 주세요."

"그래. 근데 마시지도 못할 술을 대체 왜 매번 주문하는 거야?"

"분위기에요 분위기. 못 마시는 거야 다들 똑같죠. 뭐 그래도 이렇게 한 잔 깔고 있어야 분위기가 살죠."

파비앙이라는 친구였다. 프랑스인이라고 들었는데, 여기를 들락거린 지는 2년이 다 되어간다. 잘은 몰라도 나이가 30대쯤 되지 않았을까 싶다. 아니다. 일전에도 그렇게 짐작했었는데 알고 보니 10대였던 이, 60대였던 이도 있기는 했다. 하긴 나이가 뭐가 중요하겠는가. 그래도 굳이 내 나이를 따져보자면 이제 95세가 되어간다. 벌써 그게 5년 전 일이다.

✦ 오 년 전 ✦

"김 교수님. 월세는 200로씨오(Rocio)입니다. 일전에 말씀해주신 대로 월세를 제한 이익은 모두 환전해서 절반은 유가족에게 드리고, 절반은 아동기아재단에 보내면 되겠죠? 계약서 이쪽에 명시되어 있으니 잘 확인해보세요."

"곧 죽을 사람을 위해 이렇게 꼼꼼하게 계약을 준비하다니, 참으로 고맙군요."

"교수님답지 않게 그런 말씀을…"

당시 내 나이 90이었다. 큰 병은 없었으나, 병원에서는 이제 잔여 생존 일수가 한 달이 채 남지 않았다고 예측했다. 그래서 '언아더월드'로 들어가기로 결심했다. 처음에 가족들은 내가 무슨 감옥에라도 가는 듯 만류했다. 그때 내가 꺼낸 게 베두인 이야기였다. 그렇게 5년 정도는 더 지내봐도 좋겠다고.

"어제부로 김 교수님의 모든 기억, 사고 체계에 대한 프로세싱을 마쳤습니다. 아, 프로세싱은 좀 그렇네요. 그러니까 모두 언아더월드 서버에 있는 가장 안정성이 높은 파티션에 옮겼고…"

"프로세싱이 맞는데, 뭘 그렇게 복잡하게…"

사는 동안도 줄곧 그랬지만, 마지막도 뭔가 특별한 도전을 하고 싶었다. 그래서 죽기 전에 내 기억, 사고 체계 모두를 MMORPG(Massive Multiplayer Online Role Playing Game)인 언아더월드에 복제해서 넣기로 결심했다. 작업은 어제 끝났다. 아마 지금쯤 또 다른 나는 언아더월드 서버 한편에서 아직 가동되지 않은 채 자고 있을 테다. 전기가 흐르지 않으면 아무런 의식도 꿈도 없으니, 정확히는 자고 있다기보다는 꺼져있다고 봐야겠지만.

"교수님. VR로 사전에 시뮬레이션해보신 것과 비슷하게 느껴지실 겁니다. 교수님께서 고르신 대로 사막지대에서 무기, 물약 등을 파는 카페의 주인 역할을 해주시면 되고요. 사전에 VR로 경험해보신 것보단 훨씬 더 편할 겁니다. 그때는 그저 시각적 자극이 주였지만 앞으로는, 그러니까 돌아가신 후에는 모든 의식이 서버 안에 존재하니까 그저 실제로 그 카페에서 사시는 기분일 겁니다.”

“알았어요. 알았어. 나 별로 무섭거나 크게 걱정하는 것 없으니 또 그렇게 반복해서 설명해주지 않아도 됩니다.”

사랑하는 이의 손을 잡고 누워있었다. 아이들은 곁에서 눈물을 흘리고 있었다. 무어라 기억나지 않는 인사말을 몇 마디 건넨 게 끝이었다. 서서히 잠이 들 듯 주변이 어두워졌다. 다시 정신을 차려보니 나는 사막 한가운데 카페에 서 있었다.

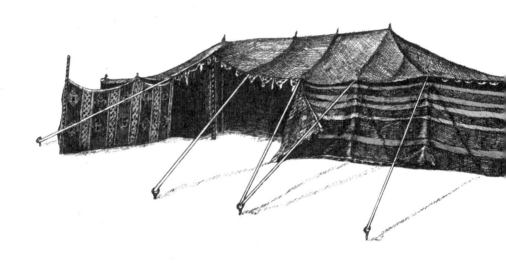

◆ 현재 ◆

“김 교수님. 이제 여기 오신 지 거의 5년 다 되어가지 않나요?”

“근데 이제 교수도 아닌데, 왜 파비앙은 매번 그렇게 부르는지…”

“교수님은 상징적인 인물이잖아요. 기억과 의식을 최초로 복제해서 메타버스에 사는 인간이요. 저뿐만 아니라 플레이어 대부분이 교

언아더월드

수님을 예전의 김 교수님으로 보고 있고요."

나와 파비앙은 물리적으로는 전혀 다른 존재였다. 카페에 있는 나는 기억과 의식만 있을 뿐 육신은 이미 물리적 공간에서 소멸한 존재, 파비앙은 물리적 공간에서 살면서 게임을 즐기려고 언아더월드에 VR헤드셋을 쓰고 접속하는 플레이어.

파비앙뿐만 아니라 이 카페에 들르는 이들의 대부분은 현실 세계에 살아있는 이들, 그저 언아더월드에서 게임을 즐기는 플레이어들이었다.

"교수는 무슨. 그런데 갑옷은 왜 그 모양인 건가?"

"아 그게…"

"뭔가 또 힘든 일이 있었나 보구먼."

"네. 뭐 그렇죠. 스트레스도 풀고 로씨오도 벌 겸 노스랜드 유적지에 있는 동굴에 다녀왔거든요."

"휴, 욕심이 많구먼. 그 위험한 땅에…"

"사실은 생명초를 구하러 갔었어요."

"생명초? 뭐 생환 물약이라도 만들게? 근데 물약이 몇 푼이나 한다고 생명초를 구하러 거기에 갔어? 그냥 나한테 몇 개 사면 될 것을…"

"실은 생환 물약값이 곧 폭등할 거라서요."

"폭등은 무슨 폭등. 생환 물약은 1년 넘게 하나당

2로씨오에 팔고 있는데.”

“교수님, 한 달 뒤에 역대 최악의 바이러스가 돌 겁니다. 그러면 생환 물약 가격이 아마 30배 정도 오를 거고요.”

“그게 무슨 소리야? 바이러스가 돌지 안 돌지 자네가 어떻게 알아? 그리고 내가 여기서 지낸 5년 동안 그 정도로 끔찍한 바이러스는 없었어. 생환 물약 가격이 아무리 올라도 4로씨오 정도였는데 대체 그게 무슨 말인지…”

“실은 제 친구한테서 들었어요. 저와 정말 친한 친구가 언아더월드 운영팀에서 좀 높은 직책을 맡고 있거든요.”

“뭐야. 그럼 자네 지금 내부자 정보라도 듣고 그랬다는 거야?”

“그쵸. 그런데 그 내부자 정보가 사실 뭐 신의 계시 같은 거잖아요? 신의 계시를 먼저 받았으니, 저는 미리 준비하려는 거고요. 제가 지금까지 확보한 생환 물약과 생명초만 잘 굴려도 아마 2만 로씨오는 충분히 벌 것 같은데요.”

“그게 대체…”

“교수님, 그러지 말고 내일 가게 문 닫고 저랑 같이 노스랜드에 생명초 구하러 함께 가시죠. 교수님은 NPC(Non-Player Character)여서, 아니 NPC는 아니고 특수 신분이라서 동굴 속 몬스터들이 공격해도 피해 거의 안 받잖아요.”

“아니 됐어. 나는 못 들은 셈 치겠네. 그 신의 계시는 자네 혼자서

언아더월드

만 들은 걸로 하지.”

“아이, 교수님. 이 정보는 교수님에게만 말씀드린 건데. 교수님도 이번 기회에 로씨오 왕창 챙기면 좋잖아요. 지난번에 그러셨잖아요. 가족들이 요즘에 경제적으로 좀 힘들어한다고. 그리고 아동기아재단 상황도 많이 안좋고.”

✦ 일주일 뒤 ✦

새벽 3시. 카페가 문을 닫는 시간이었다. 매일 새벽 3시부터 5시까지 문을 닫았다. 그 두 시간 동안 나는 일종의 수면에 들어갔다. 그러나 언아더월드에 오기 전, 그러니까 세상의 기준으로 내가 살아있던 시절의 수면과는 달랐다. 나는 꿈을 꾸지 못했다. 사실 그건 수면 시간이 아니었다. 그 두 시간 동안 언아더월드의 모든 서버, 데이터베이스, 네트워크는 재정비되었다. 따라서 그 두 시간 동안 나의 모든 사고와 의식은 꺼지게 되고 새벽 5시가 되면 암흑 속에서 깨어난 듯이 다시 현실로 돌아오곤 했다.

그 불쾌한 깨어남은 5년이 다 되어가도록 익숙해지지 않았다. 새벽 4시. 아직 언아더월드가 꺼져있을 시간. 참으로 오랜만에 언아더월드 게임 운영진 중의 한 명인 게임마스터 J가 암흑 속에서 말을 걸어왔다.

“김 교수님, 일주일 뒤면 이제 여기 오신지 정확히 5년이 되네요.”

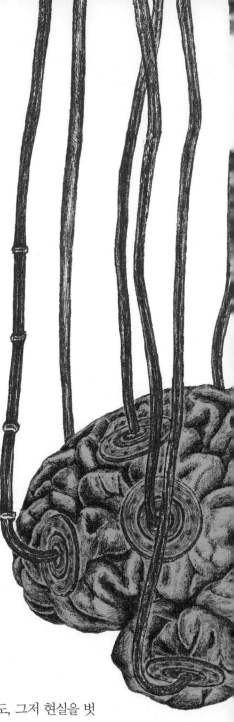

"어, J님이군요. 정말 오랜만이네요. 벌써 5년이 다 되긴 했네요."

"네. 그런데 교수님도 들으셨죠? 얼마 전에 새로 법이 발효된 걸…"

"네. 압니다. 기억과 의식의 복제와 활성화에 관한 통제법 말씀하시는 거죠?"

그랬다. 내가 언아더월드에 들어온 후로, 정확한 숫자는 모르지만 꽤 많은 이들이 자신의 기억과 의식을 복제하여 게임 속 메타버스에서 삶을 이어가고 있었다. 살아 있던 이의 기억과 의식을 복제하는 것에 대해 법은 어떠한 금지나 통제, 제재도 하지 않았다.

개인적 판단, 자율의 영역으로 놓아둔 셈이었다. 다만 관련 기업 간 협의에 따라 죽음이 임박한 이들에 대해서만 그러한 복제와 게임 속 메타버스로의 이주가 허용되었다.

하지만 어떤 이들은 건강이 온전한데도, 그저 현실을 벗

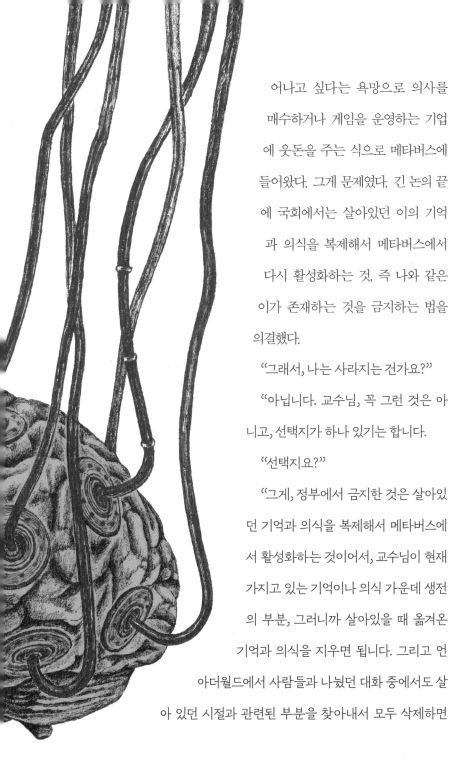

어나고 싶다는 욕망으로 의사를
매수하거나 게임을 운영하는 기업
에 웃돈을 주는 식으로 메타버스에
들어왔다. 그게 문제였다. 긴 논의 끝
에 국회에서는 살아있던 이의 기억
과 의식을 복제해서 메타버스에서
다시 활성화하는 것, 즉 나와 같은
이가 존재하는 것을 금지하는 법을
의결했다.

"그래서, 나는 사라지는 건가요?"

"아닙니다. 교수님. 꼭 그런 것은 아
니고, 선택지가 하나 있기는 합니다.

"선택지요?"

"그게, 정부에서 금지한 것은 살아있
던 기억과 의식을 복제해서 메타버스에
서 활성화하는 것이어서, 교수님이 현재
가지고 있는 기억이나 의식 가운데 생전
의 부분, 그러니까 살아있을 때 옮겨온
기억과 의식을 지우면 됩니다. 그리고 언
아더월드에서 사람들과 나눴던 대화 중에서도 살
아 있던 시절과 관련된 부분을 찾아내서 모두 삭제하면

법에 위배되지 않습니다."

"그러니까 컴퓨터 파일 지우듯이 내 기억의 일부를 지우면, 위법에서 합법으로 바뀐다는 건가요?"

"그렇게 들리셨다면 죄송합니다."

"아닙니다. J님이 미안해할 일은 아니죠."

"그리고 5년 전에 말씀하셨던 건데, 혹시 아직도 원하신다면 이제 이 상점을 지키지 않고 웨스트랜드나 다른 지역들을 마음대로 떠돌아다니면서 지내셔도 됩니다. 이동형 패키지를 제공해드릴 수 있게 되어서요."

"떠돌아다닌다. 그것 좋군요. 그런데 내 일부를 그렇게 지우고 나면, 나는 누가 되는 거죠?"

"네? 그게 무슨… 교수님은 여전히 교수님이시죠."

"…"

"저도 답답하지만 다른 선택지가 없어서…"

"아닙니다. 어찌 보면 그걸 다 지우고 떠돌면, 이제야 나는 진정한 베두인이 될지도 모르죠."

"그런데 정말 죄송하지만, 생각하실 시간이 그리 충분하지는 않습니다. 유예기간을 워낙 짧게 줘서 일주일 안에 결정하셔야 합니다. 안 그러면…"

"안 그러면, 뭐 다 소멸하겠지요. 그렇죠?"

새벽녘 꿈처럼 게임마스터 J가 다녀간 뒤. 내 일상은 그전과 별반

다르지 않았다. 손님이 없을 때는 물약을 제조하고, 로씨오를 지불
하면 물약이나 갑옷을 건네고, 넘기는 원재료를 구매하고, 좀 한가
할 때는 손님들과 이런저런 대화를 나눴다.

✦ 일주일 뒤 ✦

새벽 3시. J가 다시 찾아왔다.

"교수님, 혹시 결정하셨나요?"

"영원히 소멸할 것인지, 아니면 일부를 지우고 남을 것인지, 둘 중
하나죠?"

"네. 죄송하지만, 그렇습니다."

"또 그런 소리를…"

나는 결정했다. 그리고 시간이 얼마나 흘렀을까. 귀에 익은 멜로
디가 들렸다. 진짜 들리는 것인지, 아니면 기억 속 무엇이 엉키고 점
점 희미해질 뿐인지. 그 멜로디가 들리는 듯했다.

A desert road from Vegas to nowhere,

Some place better than where you've been

A coffee machine that needs some fixing

In a little cafe just around the bend

I am calling you

Can't you hear me?

I am calling you

"그러니까 그게 다마고치 같은 거구만."

메이를 입양한다는 말을 들으시고 할아버지는 계속 다마고치 같다는 말씀을 하셨다. 다마고치와 메이는 완전히 다르다. 다마고치는 가짜이고 메이는 진짜라고 말씀을 드려도 할아버지는 계속 그게 그거라며 본인이 어린 시절 키웠다는 다마고치 이야기를 하셨다. 액정화면 속에 작게 보이는 다마고치, 증강현실 글래스로 만나는 메이, 할아버지는 뭐가 다른지 정말 모르겠다는 표정이셨다.

20평 아파트에 네 명의 식구가 모여 산다. 아버지, 어머니, 나는 낮에 직장을 나가고, 동생은 학교에 있는 상황, 반려견을 데려오려는 내 계획은 식구들의 반대에 무너졌다. 그래서 찾은 게 메이였다. 뉴질랜드. 내가 한 번도 가본 적이 없는 나라였다. 나의 반려견이 넓은 초원에서 마음껏 뛰노는 모습을 보고 싶어서 뉴질랜드에 있는 메타컴패니언이라는 회사를 선택했다. VR 고글을 쓰고 메타컴패니언이 운영하는 친환경 농장에 접속했다. 거기서 만난 아이가 메이였다. 넓은 농장 구석에서 웅크린 채 잠만 자던 아기였다. 30만 원을 지불하고 나는 메이의 오빠가 되었다. 그 뒤로는 매달 10만 원을 지불해왔다. 메타컴패니언은 나를 대신해서 메이에게 먹이를 주고 잠자리를 마련해주고 산책시켜줬다. 물론 메이가 늘 혼자 산책하는 것은 아니었다. 증강현실 글래스를 착용하면 춘천에 있는 내 눈앞에 어느새 뉴질랜드에 있는 메이가 곁으로 다가와 꼬리를 흔들고 있었다. 메이도 증강현실 글래스를 착용하고 있어서, 뉴질랜드의 초원을 산책하며 나를 만나고 있었다. 때로는 VR 고글을 쓰고 메이가 사는 뉴질랜드 농장을 둘러보기도 했다. 이렇게 메이와 함께 보낸 시간이 벌써 2년이 되었다. 직접 만나보지도 않은 메이를 증강현실 글래스와 VR 고글로 돌보는 나. 이런 나를 어머니는 아직도 이해하기 어려워하시는 눈치였다.

✦

"이게 그 다마고치, 아니 메이라는 강아지냐?"

오랜만에 만난 할아버지에게 내 증강현실 글래스를 씌워드렸다. 할아버지는 눈앞에 나타난 메이의 모습에 몹시 신기해하셨다.

"할아버지. 이 장갑도 껴보세요."

할아버지의 양손에 내 햅틱 장갑을 끼워드렸다. 지난 생일에 할아버지께 증강현실 글래스와 햅틱 장갑을 선물해드리려 대리점까지 모시고 갔었지만, 디지털 기기를 좋아하지 않는 할아버지는 사줘도 안 쓸 거라며 손사래를 치셨다.

"할아버지. 메이 보이시죠? 쓰다듬어 보세요."

할아버지는 허공에서 조심스럽게 손을 움직이시더니, 좀 놀라신 듯 뒤쪽으로 움찔하셨다.

"이거 정말 신기하구나. 메이가 정말 여기 있는 것 같네. 이 녀석 털이 정말 복슬복슬하고 부드럽구나. 아이고 귀여워라."

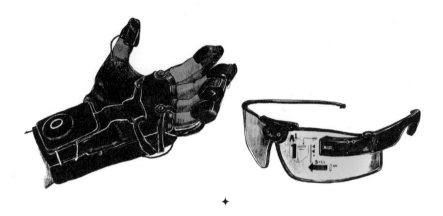

✦

"이거 꽤 비쌀 텐데, 난 필요 없다니까."

새로 나온 증강현실 글래스와 햅틱 장갑을 할아버지에게 선물해 드렸다.

"할아버지 괜찮아요. 저도 그 정도는 벌어요. 그리고 이 물품들은 3년 약정이라 매달 조금씩 나가기 때문에 큰 부담은 없으니까 걱정 하지 마세요."

할아버지는 어느새 증강현실 글래스와 햅틱 장갑을 착용하시고 는 주변을 둘러보고 계셨다.

"그러니까 이렇게 하고 밖으로 나가면, 우리가 메이랑 같이 산책 도 할 수 있는 거냐?"

"네. 그럼요. 안마산 쪽으로 함께 산책 가보실까요?"

안마산 중턱까지 올라가는 내내 메이는 할아버지 곁을 떠나지 않고 맴돌았다. 할아버지도 그런 메이가 좋으신지 얼굴에서 미소가 떠나지 않았다. 최근 들어 본 할아버지의 모습 중 가장 밝고 기운찬 모습이었다.

"그런데 왜 네가 없을 때 나는 메이를 못 만나니?"

"메이는 제 증강현실 글래스를 통해 연결되어 있거든요. 그래서 제 곁에서 증강현실 글래스를 끼시면 메이가 보이지만, 제가 없으면 메이가 안 보이시는 거죠."

"아 그게 그런 거구나."

할아버지는 나를 만날 때마다 메이를 찾으셨다. 얼마 전에는 메이에게 옷을 사주고 싶다며 5만 원을 건네주셨다.

"할아버지! 지난번에 주신 용돈으로 메이 옷 사줬어요. 여기 보세요. 정말 귀엽죠."

"어디 보자. 에구 이 녀석 분홍색 옷이 정말 잘 어울리는구나."

"할아버지, 제가 없을 때도 메이 만나실 수 있게 할까요?"

"그게 무슨 말이냐? 너 없으면 안 된다며."

"그게 기본적으로는 그런데요. 뉴질랜드에 있는 회사에 월 비용 2만 원을 추가하면 저 말고 다른 한 명이 메이를 만날 수 있어요."

"그래? 그게 그렇게도 되는구나. 근데 월 2만 원이면…"

"괜찮아요. 할아버지만 좋으시다면 제가 내일 바로 그렇게 바꿔 놓을게요."

"그럼, 이렇게 하자. 내가 네게 매월 2만 원씩 보내줄게. 그 돈으로 나도 메이 만나게 바꿔줘라."

"아이, 할아버지 그렇게 안 하셔도 돼요. 제가…"

"아니다. 그래도 내가 좋아서 메이 만나는 건데 그 돈 정도는 내가 내야 편하지. 그렇게 하자."

✦

내가 메이를 보러 갈 때면 늘 할아버지가 곁에 계셨다. 이제 나보다 할아버지가 메이에게 푹 빠지신 느낌이었다. 그러던 어느 날, 할아버지로부터 전화가 왔다.

"이상하다. 글래스 썼는데도 메이가 안 보인다."

나도 바로 글래스를 썼지만, 메이는 보이지 않았다. 메타컴패니언 프로그램 자체가 먹통이었다. 메타컴패니언의 아바타 상담사에게 말을 걸었으나 아무런 응답이 없었다. 홈페이지에 있는 번호로 전화를 걸어도 받지 않았다. 그렇게 며칠이 지났고, 해외 인터넷 뉴스를 통해 메타컴패니언의 소식을 접했다. 너무도 큰 충격이었다. 이 사실을 할아버지에게 알려야 할지 판단이 서지 않았다. 메타컴패니언은 그동안 고객에게 거짓말을 해왔다. 그들이 VR을 통해 보여준 농장은 실제로 존재하지 않았고, 농장 안을 뛰어다니던 반려견들도

메이

모두 가짜였다. 우리 메이는 처음부터 없었다. 2년 넘게 내가 만나온 메이는 디지털로 재현된 아바타였다. 뉴스에 따르면 메타컴패니언은 고객들이 뉴질랜드에 방문해 자신의 반려견을 만나려 하면 검역, 비용 등의 핑계를 둘러대면서 피해왔다고 했다. 이상한 낌새를 눈치챈 고객이 메타컴패니언 주소지를 찾아가면서 사기 행각이 세상에 알려졌다. 수사가 시작되면서 운영자들은 모두 도망가고, 메타컴패니언 서비스는 멈춰버렸다. 아직도 메이가 존재하지 않았다는 게 믿어지지 않는다.

✦

일주일이 흘렀다. 나는 아직 결정하지 못했다. 할아버지에게 어떤 말씀을 드릴지. 메이가 처음부터 없었다고 말해야 할지 아니면 메이가 세상을 떠나서 이제 만날 수 없다고 말해야 할지. 아니 나조차도 알 수 없었다. 메이는 정말 원래부터 이 세상에 없던 아이였는지, 아니면 어느 곳으로 떠난 것인지.

'메이야. 지금 너는 어디에 있니…'

유
령
도
시

메타버스 플랫폼에 대한 내 소유 지분 37%. 꼭 그것 때문만은 아니었다. 나는 이 공간들이 그렇게 사라져도 되는지, 누가 어떤 이유로 공간을 지우는지 그게 늘 미심쩍고 한편으로는 미안하며, 두려웠다. 그게 다였다. 그렇다고 해서 내가 하는 일이 대단하지는 않았다. 매일 열댓 개. 사실 정해진 수치도 아니었다. 그저 내 마음대로 이런저런 월드를 둘러봤다. 생각해보면 내가 이 회사, 메타버스 플랫폼의 지분 37%를 가졌기에 다른 이들이 내게 뭐라 말하기가 쉽지는 않았을 터였다.

✦

그날도 나는 이런저런 월드를 떠돌았다. 놀이공원은 내가 그리 좋아하는 지역은 아니었다. 내가 만들었던 플랫폼 위에 지어진 수많은 월드 중 하나이며, 많은 이들이 머물렀던 공간이었지만 나는 사람들이 왜 메타버스에 지어진 놀이공원을 좋아하는지 이해하기 어려웠다. 그런데 매주 이 놀이공원에 찾아오는 누군가가 있었다. 물론 많은 이가 찾는다면 문제가 아니겠지만, 매주 화요일마다 한 명이 찾아올 뿐인 것이 문제였다. 늘 그렇지만 아무도 없는 게 아닌, 그저 한 명이 문제였다.

처음 몇 주 동안 나는 관찰하기만 했다. 몇 년째 업데이트가 없고 방문하는 이가 사라진 낡아빠진 놀이공원. 그 공간에 그는 매주 화요일마다 방문했고 동선은 늘 똑같았다. 입구에서 꼬마전구가 달린 머리띠를 사고, 대관람차 앞에서 파란색 곰돌이 캐릭터와 사진을 찍고, 이런저런 놀이기구를 순서대로 타고, 마지막은 회전목마였다. 다만 회전목마가 끝나갈 때쯤 그는 늘 강제로 로그아웃했다. 회전목마를 타다 말고 VR 헤드셋의 전원을 꺼버리는 방법을 쓰는 듯했다.

✦

유령도시 정찰꾼으로 방문객들에게 모습을 드러내는 게 그리 편한 입장은 아니었지만, 그저 내 모습을 드러내고 물어보는 방법 이외에는 뾰족한 수가 없었다. 매주 화요일마다, 반복되는 모습을 보이던 그는 45세의 남자였다. 차라리 그가 없었다면 일은 쉬웠다. 8주 동안 방문하는 이가 없으니 그 월드를 폐쇄해달라고 월드 관리 부서에 요청하면 끝이었다. 회사에서는 나의 폐쇄 요청, 아니 다른 정찰꾼들의 폐쇄 요청에 관해 토를 다는 일이 거의 없었다. 물어봐야 했다. 왜 매주 철 지난 놀이공원, 딱히 재미난 것도 없는 공간에 나타나는지, 그리고 회전목마를 타다 말고 왜 그렇게 강제로 로그아웃을 하는지.

고스트 플레이(Ghost Play). 이유는 그랬다. 이전에 본인이 이 월드에서 누군가와 함께했던 경험. 그 경험은 고스트 플레이란 명칭으로 다시 재현되었다. 고스트 플레이를 하면 다른 이의 아바타와 경험을 똑같이 재현할 수 있었다. 그러나 단 한 번뿐이었다. 그 경험을 처음부터 끝까지 재현하면, 데이터는 소멸되었다. 사내가 회전목마를 타다 말고 강제로 로그아웃하는 이유는 고스트 플레이를 지우고 싶지 않아서였다. 강제로 로그아웃하면 다음에 또 들어와서 경험을 처음부터 다시 훑어갈 수 있었기에.

대체 그는 왜 이 지루한 놀이공원을 매주 화요일마다 찾아왔을까? 그는 왜 강제로 로그아웃을 하면서 이 지루함을 반복할까? 내 눈에 보이지 않았던 누군가가 그의 곁에 있었다. 프라이버시 보호를 위해 월드 내의 아바타를 관리자나 정찰꾼들이 모두 보지 못하게 설정했기에 나는 무언가를 보지 못한다. 그러나 이는 핑계에 불과하다. 나는 곁에서 그를 관찰했지만, 나는 그저 1980년대의 CCTV와 다를 바가 없었다.

그가 매주 이곳을 찾아오는 이유는 아이 때문이었다. 그에게는 3년 전 세상을 떠난 어린 딸아이가 있었다. 소아암 말기. 기록은 그게 전부였다. 아이가 세상을 떠나기 전, 병상에서 지내던 아이와 그 사내는 거의 매주 이 놀이공원을 찾았다. 유령의 집, 번지 점프, 롤러코스터, 대관람차 등을 거쳐서 부녀가 마지막을 보낸 장소는 회전목마였다. 12번째 방문을 끝으로 아이는 세상을 떠났다. 그 후 넉 달 뒤 사내, 아니 아이의 아빠는 홀로 놀이공원을 찾기 시작했다. 매주 찾아

와선 아이와 함께 보낸 시간을 이 곳에서 매번 되뇌었다. 다만 마지막 회전목마를 끝까지 타지는 못했다. 회전목마가 멈추는 순간, 영영 사라질 고스트 플레이. 영원히 사라져버릴 경험이 두려워 아이 아빠는 늘 VR헤드셋의 전원을 꺼버렸다.

✦

"이사님, 그 놀이공원 이번에 삭제할까요? 다른 월드의 평균 면적보다 30배는 큰데, 사용자가 없잖아요?"

회사에서는 내 결정을 이해하기 어렵다는 눈치였다. 뭐 대단한 갈등은 없었다. 아니, 그들은 별다른 관심도 없었다. 전체 월드 3,000만 개 중에서 검토 대상인 월드가 대략 2,000만 개이니 놀이공원 몇 개를 놓고 이러쿵저러쿵 이야기할 필요조차 없는 상황이었다. 인공지능 정찰꾼의 판단에 따라 하루에도 수천 개의 월드가 기계적으로 사라지고 있었다.

✦

그는 여전히 회전목마에 앉아있다. 나 또한 이 월드의 오른편 언덕 위에서 그를 바라보고 있었다. 그가 무엇을 보고 있는지, 내가 무

엇을 보고 있는지는 알 수 없었다. 그저 그가 회전목마를 타는 동안

나는 언덕 위를 지킬 뿐이었다. 그게 메타버스 플랫폼을 만들어낸

내가 할 수 있는 전부였다. 유령도시에서 내가 할 수 있는 전부였다.

유령도시

연애인(戀愛人)

'나도 이제 모쏠에서 탈출할 수 있을까?'

월 사용료 5만 원, 5개월 약정. '연애인(戀愛人)' 앱에 가입한 기수의 마음은 싱숭생숭했다. 친구 태우를 마지막으로 만난 게 족히 한 달은 넘었다. 기수와 일주일에 사나흘은 함께 어울리던 모쏠 메이트 태우는 애인이 생긴 후로 연락조차 뜸해졌다.

'그래 태우도 성공했는데, 뭐 나라고…'

기수는 짝사랑하는 학과 후배 승은의 SNS ID를 '연애인' 앱에 입력했다. 1시간 후에 캐릭터 파악을 완료했다는 푸쉬 알람이 떴다. 알람 메시지를 누르니, 연애인 앱 매니저인 M이 있는 채팅방이 열렸다. M은 연애인 앱 내에서 회원들에게 연애 코치를 해주는 인공지능 버츄얼빙(Virtual Being)이다.

"기수씨는 전형적인 OO타입인데, XX타입인 승은 씨가 썩 좋아할 스타일은 아니네요. 승은 씨의 캐릭터상 기수 씨에게 대놓고 싫은 티를 내지는 않았을 테지만요. 그래도 걱정하지 마세요. 제 코치만 잘 따른다면, 승은 씨의 마음을 곧 사로잡을 겁니다."

그랬다. 그동안 기수는 승은에게 자신의 관심을 넌지시 표현했으나, 승은은 그걸 아는지 모르는지 매번 별 반응이 없었다.

"내일이 학과 개강 총회인데 어떤 옷을 입을까요?"

"옷장을 스캔해주세요."

기수는 카메라를 켜서 연애인 앱으로 자신의 옷장에 있는 옷들을 스캔하기 시작했다.

"휴~ 기수 씨. 이런 이야기하기 미안하지만, 그런 스타일로는 안 되겠어요. 승은 씨 인스타 봤죠? 그런 패션은 정말 아닙니다."

"그럼 어떻게 하죠?"

"자, 이것들 가운데 골라보세요. 내가 상의, 하의, 양말, 신발, 가방 까지 한꺼번에 맞춰서 코디해봤어요. 총 4세트를 준비했으니 이 중 하나로 하세요."

M이 보내온 링크를 눌러보니, 다양하게 매칭된 4종류의 코디가 보였다. 1번은 30만 원, 2번은 45만 원, 3번은 15만 원, 4번은 50만 원. 코디마다 가격이 매겨져 있고 개별 구매 사이트로 연결되는 링크가 보였다.

"아… 이거 생각보다 비용이 센데요."

"휴~ 기수 씨. 사랑에도 투자를 해야 해요! 세상에 공짜가 어디 있어요? 그리고 제가 옵션을 네 가지 드리기는 했지만, 설마 무조건 가장 저렴한 것을 고르지는 않겠죠?"

그나마 가장 저렴한 3번을 고를까 했던 기수의 마음이 흔들렸다. 마음을 바꿔서 2번을 골랐다. 주말 알바를 하나 더 늘리면 해결이 될 듯했다.

✦ 이주일 뒤 ✦

그동안 기수는 승은에게 메시지를 보내기 전에도 M의 조언을 구했고, 소셜미디어 상태 메시지, 프로필 사진까지 M의 말대로 다 수정했다.

"기수야 너도 연애인 앱 쓰냐?"

도서관 열람실에서 연애인 앱을 만지작거리고 있는 기수에게 태우가 다가와 말을 걸었다.

"그래. 너 같은 녀석도 애인이 생겼는데 뭐 나라고…"

"잘했다 야. 근데 너 설마 기본 클래스로 가입한 건 아니지?"

"너는 기본 클래스 아니었어?"

"아이고 이 답답아! 기본 클래스는 정말 기초적인 팁만 던져주는 거야. 그걸로는 안 돼. 한 달에 2만 원 차이인데, 톱 클래스에 가입해야지! 그래야 제대로 된 팁이 넘어온다."

M의 조언에 따라 옷을 구매하고 안경도 바꾸느라 이미 생활비가 바닥난 상태였지만, 태우의 말에 기수의 마음은 흔들렸다.

✦ 이주일 뒤 ✦

"어떠냐? 내 말 듣고 톱 클래스로 넘어가길 잘했지?"

기수는 삼일 뒤에 승은과 첫 데이트를 하기로 했다. M이 잡아준 레스토랑에서 둘만의 데이트를 즐길 계획이다. M이 추천해준 메뉴로 먹으면 둘의 식사비용은 총 9만 5천 원, 더치페이를 한다고 해도 적잖게 부담되는 금액이었다.

"야. 너 쪼잔하게 더치페이하지 말고, 그냥 네가 다 내겠다고 해. 알았지?"

"음, 그래야 할까? 그게 좋겠지?"

"그럼. 남녀를 떠나서 그래도 네가 선배잖아. 너 알바도 많이 하고. 안 그래?"

✦ 이주일 뒤 ✦

"오늘 승은이랑 손잡고 한강 고수부지를 산책했어요."

"이미 알고 있어요. 기수 씨, 승은 씨 인스타에서 벌써 봤어요."

"고마워요. 덕분에…"

"그런데 기수 씨 왜 그러셨어요?"

"네? 뭘요?"

"약정 위반하셨잖아요."

M은 기수에게 사진을 한 장 보내왔다. 기수가 M과의 채팅 기록을 캡쳐해서 친구에게 메신저로 보냈던 사진이었다.

"<제15조 - 고객은 연애인 앱에서 제공하는 서비스, 상담 기록 등을 별도로 보관 또는 기록하여 제3자에게 제공해서는 안 된다. 이를 위반할 시 서비스는 종료되며. 약정된 서비스료는 환불되지 않는다> 가입할 때 동의하셨던 약관의 15조를 위반하셨네요."

"아… 죄송해요. 그런데 제 주변에서도 보면 그 정도는 서로 보기도 하던데요."

"그런 분들은 모두 저희와의 계약 약관을 위반한 경우입니다. 저희가 발견하면 모두 해약 처리하고 있습니다. 제29조 조항에 따라서 김기수 님은 저희 측에 관할 법원을 통해 이의를 제기할 수 있습니다. 다만, 그에 따른 소송비용은 법원의 판단에 따라…"

M은 여러 약관을 언급하며 기수에게 서비스 종료를 통보해왔다. 그게 끝이었다. 기수가 다시 채팅해보려고 해도, M과의 채팅방은 열리지 않았다.

"팀장님, 정말 괜찮을까요? 이렇게 해도…"

"아이고 새가슴 같은 녀석아! 괜찮아. 13팀에서도 그렇게 했었는데 아무 탈 없었어. 어차피 이 사람들 우리한테 서비스받았던 거 상대방에게 떠벌리지도 못해."

연애인 앱 운영5팀의 안 팀장과 은석은 무슨 범죄라도 저지른 듯 은밀한 대화를 이어갔다. 연애인 앱의 모든 매니저는 M이라는 인공지능 버츄얼빙이 맡고 있지만, 그 뒤에는 여러 운영팀이 존재했다. 팀마다 수천 명의 고객을 할당받고, 혹시라도 어떤 문제가 발생하지는 않는지 모니터링을 해왔다. 그러던 중 은석의 눈에 승은이 들어왔다.

"어차피 기수라는 사람이 약관 위반한 건 맞잖아? 그걸로 잘라냈으니 본인도 할 말이 없어. 그렇다고 뭐, 소송이라도 할 거야? 해봤자 지는데. 그리고 여친에게 '나 연애인 앱 썼어요'라고 광고할 거야 뭐야? 내가 은석 씨를 톱클래스로 올려놨으니, 이제 승은 씨에게 잘 접근해봐. 둘이 근처에 살더만. 집 근처 편의점에서 우연히 여러 번 마주치는 설정으로 다가가면 좋겠는데, 뭐 내 생각은 아니고 M 돌려보니까 그렇게 나오더라."

마지못한 듯 따르는 은석. 싫은 눈치는 아니었다.

"괜찮으니까 걱정 그만하고. PPL 운영팀에 여기 이 식당들이나 바꾸라고 알려주라. 이거 뭐 대놓고 광고하는 거 티 내는 것도 아니고,

이렇게 하면 안 되지."

연애인 앱에서 추천해주는 식당, 카페, 헤어숍, 놀이공원, 클럽, 노래방, 스터디 공간 등은 대부분 PPL로 채워져 있는데, 가끔 업주들이 손님들에게 연애인 앱을 안 쓰더라도 다시 오라며 쿠폰을 주는 경우가 있었다.

✦ 삼주일 뒤 ✦

"이게 하나밖에 안 남았더라고요. 이거 가져가세요."

은석과 승은의 집 근처 편의점. 유제품 코너를 서성이던 승은 곁에 어느새 은석이 다가와서는 승은의 장바구니에 바나나우유를 담아줬다.

"네? 이걸 왜…"

"아니, 매번 오실 때마다 바나나우유 사셨잖아요. 저도 그랬지만. 근데 오늘 와보니 물건이 다 나가고 이게 마지막이라고 하더라고요."

승은이 일주일에 서너 번은 편의점에 들러서 바나나우유를 샀던 기록을 파악하여, 은석은 같은 시간대에 일부러 편의점에서 계속 마주쳐왔었다.

"아, 아니에요. 저는 괜찮아요."

"그리고 이것 써보세요. 이 빨대가 최곱니다. 제가 구매했는데, 두 개가 묶음판매라서…"

은석은 주머니에서 자이언트 빨대를 꺼내어 승은의 장바구니에 넣어주고는 별말 없이 씽긋 미소만 띠며 가게를 나섰다. 얼마 전 승은이 친구의 SNS에서 보고 정말 갖고 싶다고 댓글을 달았던 빨대였다. 가게를 나서는 은석의 뒷모습만 바라볼 뿐. 당황한 승은은 아무 말도 꺼내지 못했다. 바구니에 담긴 바나나우유와 자이언트 빨대를 한동안 멍하니 바라봤다. 은석이 남기고 간 옅은 미소를 떠올리며 승은의 입가에도 미소가 감돌았다.

핑크빛 평등

"다은 씨? 김다은 씨. 이제 일어나셔야죠. 자, 눈을 뜨고 저를 보세요. 제가 보이시나요?"

오랫동안 얼어있던 다은의 몸에 조금씩 온기가 감돌았다. 심장을 출발한 피의 온기가 발끝, 손끝 그리고 눈꺼풀에까지 다다랐다. 수십 년 만에 열린 다은의 눈꺼풀. 쏟아지는 불빛 사이로 다섯 명의 사람이 보였다.

"어… 여, 여기가 어디죠?"

"다행이네요. 바이탈도 모두 정상이고 의식도 다 돌아왔어요. 한동안 머리가 좀 멍하기는 할 겁니다. 기억이 잘 안 나실 수 있겠지만, 다은 씨는 2025년에 백혈병 말기 판정을 받고 그동안 동면 상태로 지내셨어요."

2025년, 백혈병, 동면, 잠들어있던 수많은 기억이 다은의 머릿속에서 일시에 깨어나고 있었다.

"백혈병을 완벽하게 치료하는 약품이 개발되고, 또 동면 상태에 있던 환자를 안전하게 회생시키는 기술이 상용화되어서 이렇게 다은 씨를 다시 깨웠습니다. 조금 전에 백혈병 치료 약품도 투여했으니 이제 아무 걱정 없이 건강하게 다시 살아가시면 됩니다."

"축하드립니다. 다은 씨."

"혈색이 돌아오니 더욱 예쁘시네요. 와, 신기하다!"

"그러게요. 실제 사람 모습을 이렇게 보는 게 정말 신기하네요."

다은의 침상 곁에 서 있는 이들, 백색 가운을 입고 있는 이들이 저마다 한마디씩 말을 건넸다. 다은은 눈을 여러 번 깜빡였다. 무언가 몹시 이상했다. 다은의 눈에 들어온 그들의 모습은 핑크빛 피부에 모두가 똑같은 얼굴이었다.

"놀라셨을 겁니다. 잠시 후에 레슬리가 설명해줄 테니, 일단 한숨 주무세요."

두어 시간이 흐르고 다은은 다시 눈을 떴다. 가슴에 레슬리라는 이름표를 달고 있는 이가 침대 곁에 앉아있었다.

"다은 씨. 지금부터 제 얘기 잘 들으세요. 많이 혼란스럽겠지만, 뭐 그리 나쁜 조건은 아닐 겁니다."

동면에서 깨어난 세상은 많이 변해있었다. 오존층 파괴로 인해 쏟아지는 태양 방사선, 녹아버린 영구동토층에서 깨어난 고대 바이러스를 피해 모든 인간은 지하 시설에 각자 분리되어 격리된 채 숨어지내게 되었다.

지하에 숨은 인간을 대신해서 각자가 조종하는 아바타들이 지상의 삶을 대신 사는 세상. 다은이 만났던 핑크빛의 다섯은 모두 누군가의 아바타들이었다.

"레슬리 씨. 그런데 왜 모두의 아바타가 같은 모습인 거죠? 가슴에 차고 있는 이름표, 입고 있는 옷이나 액세서리 정도 말고는 모두 같은 모습인데요."

"차별 없는 세상, 완전히 평등한 세상을 위해 아바타를 그렇게 만들기로 했다고 들었습니다. 꽤 오래전의 일이죠. 성별, 인종, 나이를 알 수 없도록 모두 핑크빛 피부에 똑같은 키, 얼굴을 갖고 있습니다. 언어도 그렇습니다. 자신의 모국어로 말하면, 상대방에게는 듣는 이의 모국으로 변환되어서 들리는 식입니다. 그래서 서로의 국적도 모릅니다. 저도 같이 일하는 동료들의 성별, 나이, 국적, 인종 등 아무것도 모릅니다."

"어떻게 그런…"

"다은 씨도 며칠만 여기 머문 후에 다은 씨에게 배정된 지하 벙커 하우스로 이동하실 겁니다. 그런 후에는 아바타가 배정되고요. 아, 이제 다은이라는 이름을 쓰실 수는 없습니다. 성별이나 국적을 추측하기 어려운 이름으로 개명하셔야 합니다. 아바타를 조종하시는 방법은 그리 어렵지 않으니…"

다은은 레슬리의 설명에 집중하기 어려웠다. 온몸이 침대 속으로 녹아들 듯 다시 잠이 들었다. 어느 순간 정신을 차려보니 곁에 다른 이가 앉아있었다. 처음에 다은을 깨웠던 피닉스였다. 그는 작은 안경을 건네주었다.

"다은 씨 부모님께서 다은 씨 앞으로 남겨준 유산이 어마어마하네요. 그분들이 투자하셨던 자산이 다은 씨가 동면하는 동안 수십

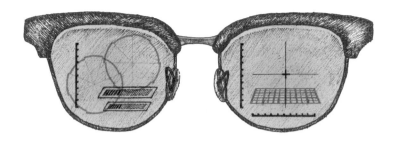

배로 불어났어요. 그래서 말인데, 혹시 이 특수 안경을 사실 생각이 있는지 묻고 싶습니다."

"이게 어떤 안경이죠?"

"일단 그 안경은 불법입니다. 다만 걸릴 일은 전혀 없습니다. 부유층들 가운데 그걸 쓰는 이들이 적잖거든요. 아바타가 안경을 쓰고 있으면 상대방 아바타의 성별, 나이, 국적, 인종 등을 바로 알 수 있습니다. 심지어 그 아바타의 학력, 재산, 종교, 직업까지 바로 게임 속 상태 바(bar)와 같은 형태로 뜹니다. 다은 씨가 만나는 아바타, 아니 그아바타를 조정하는 이들이 누군지 모르면 좀 그렇잖아요. 안 그래요? 그런데 이 안경을 쓰고 있으면 바로 다 알 수 있어요. 저도 갖고 싶기는 한데, 그만한 돈은 없거든요. 대신 다은 씨가 안경을 구매하시면 제가 커미션을 좀 받을 수는 있죠."

"다른 아바타들은 내가 누군지 모르는데, 나는 다른 아바타들이 누구인지 알게 된단 거죠?"

"맞아요. 바로 그겁니다. 이해가 빠르시네요. 어떻게, 구매하실래요? 떠나시기 전에 결정하셔야 합니다."

다은은 다시 깊은 꿈속에 빠져들었다. 동면에 들기 전, 20대 시절에 친구 여럿과 카페에 둘러앉아 수다를 떨던 자신의 모습이 보였다. 그런데 이상하게도 그들은 모두 핑크빛의 같은 얼굴이었다. 핑크빛 아바타가 없던 세상, 그 시절 다은에게 친구들은 이미 핑크빛 아바타였다.

"등장인물을 유명인으로 고르시면 당연히 비용이 올라가죠. 여기 보시는 대로 같은 역할이어도 S급 스타들은 한 명에 100만 원, A급, B급, C급은 각각 70, 40, 20… 이 정도로 추가된다고 생각하시면 됩니다."

"그러면 사용하는 장비, 시나리오 구성, 시간이 같아도 출연진에 따라서 금액 차이가 꽤 크겠네요?"

"그렇죠. 연예인, 셀럽들 IP 사용료를 더 낸다고 보시면 되죠. 그렇다고 해서 또 이런 셀럽들 다 빼고 진행하면 좀 밍밍할 수 있잖아요."

오전에는 로맨스 영화의 주인공 역할로 촬영을 진행하고 오후에는 TV 인터뷰를 찍으며, 저녁에는 시상식에 참석한 뒤 칵테일 파티로 마무리하는 하루. 영화 촬영장에서 상대 역할을 A급으로 분류된 영화배우 정현채로 정하고 나니, 총비용은 250만 원. 하루를 즐기는 비용치고는 몹시 과했다. 규연이 망설이자 상담사는 태블릿 아래쪽 서비스 버튼을 눌렀다.

"에이, 제가 이번 달에 집행할 수 있는 서비스 쿠폰이 딱 하나 남았는데, 고객님께 드릴게요. 고객님이 꼭 제 동생 같아서요. 이렇게 쿠폰을 적용하면, 칵테일파티에 A급 셀럽 김진유 교수, B급 개그맨 오해담 씨 두 명을 불러오게 됩니다. 대박이죠? 250만 원에 이 정도면, 뭐 말 다 한 겁니다."

"와! 김진유 교수님을 서비스로 넣어주신다고요?"

"고객님, 김진유 교수님 팬이시죠?"

"네. 그런데 그걸 어떻게…"

"아까 고객 정보 등록할 때 이미 소셜미디어에서 정보 다 당겨왔죠. 김진유 교수 책 읽고 남긴 후기만 다섯 개네요. 어떻게 하실래요? 바로 결제하실래요? 다음에 오실 때 쿠폰을 드리기는 곤란해서요."

✦ 그날 저녁 ✦

'일주일 뒤면 꿈을 이룰 수 있어!'

배우가 되고픈 꿈으로 달려온 시간. 그러나 아직 규연은 기회를 잡지 못했다. 작년에 선배의 소개로 독립영화에서 단역을 맡은 게 필모그래피에서 가장 빛나는 부분, 솔직히 말하자면 전부였다. 그래서 규연은 '원더풀 데이' 서비스를 이용해보기로 결심했다. 몇 달간 모은 돈을 털어 넣었지만, 생각만 해도 가슴이 떨렸다. VR고글과 전신 슈트를 착용하고 자신이 꿈꾸는 삶을 살아보는 상품이다.

역할, 시나리오, 등장인물을 자신이 꿈꾸던 대로 설정하여 살아보는 하루. 규연이 상담을 받으러 갔을 때 먼저 와있던 이는 큰 기업의 CEO를 꿈꾸고 있었다.

50층이 넘는 초고층 건물의 펜트하우스에서의 생활, 롤스로이스 리무진을 타고 출근하며, 수십 명의 임원을 지휘하며 회의를 하고, 수백 명이 넘는 취재진이 모인 자리에서 스티브 잡스처럼 신제품을 발표한 뒤, 저녁에는 정치계 인사들과 회동. 대략 그런 시나리오라고 했다.

원더풀 데이

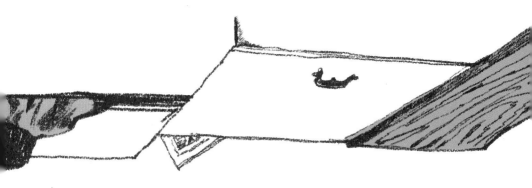

✦ 일주일 뒤 ✦

"어떻게, 괜찮으셨어요?"

시계를 보니 저녁 10시였다.

"12시간이 순식간에 흘러갔죠?"

규연은 뭐라 말을 꺼내지 못했다. VR에서 경험한 황홀감이 식지도 않았는데 순식간에 찾아온 현실이 얼떨떨하게 느껴졌다.

"12시간 동안 홀딱 빠졌었는데, 많이 아쉽죠?

VR고글을 손에 쥔 채 멍하니 있는 규연. 상담사는 규연의 손에서 VR고글을 가져가며 어색한 미소를 지었다.

"혹시 지인 소개해주시면, 규연님에게는 20% 쿠폰 드리고 소개받은 지인은 10% 할인해드릴게요."

✦ 일주일 뒤 ✦

"주선아, 이거 대박이야. 너도 꼭 해봐라!"

"됐어. 그런 것 해서 뭐하게. 돈이 썩었냐?"

"너 이제 정말 연기 포기한 거야?"

"10년을 했는데도 이 모양인데, 더 한다고 뭐가 달라지겠어? 난 지금부터라도 기술 좀 배워보려고."

"야! 너 정말… 그러지 말고 한번 해봐. 내 소개로 가면 10%는 할인해줄 거야. VR이면 어때. 거기서라도 멋지게 주연 한 번 해봐. 네가 하고픈 연기 맘껏 해봐! 그러면 되는 거 아냐?"

"안녕하세요? 주선님. 규연님 소개로 오셨죠. 지인 소개여서 10% 할인인데, 정말 운 좋게도 10% 추가 할인 행사가 오늘까지라 총 20% 나 할인받으실 수 있어요."

"20%요?"

"네. 그렇다니까요. 자, 그런데 같은 역할이어도 S급 스타들은 한 명에 100만 원, A급, B급, C급은 각각 70, 40, 20… 이렇게 추가 비용 이 발생하는데…"

"아니요. 그렇게는 안 해도 되고, 제가 해보고 싶었던 역할만 해보 면 좋겠어요."

"아 그래요?"

주선은 자신이 찍고 싶은 대본을 내밀었다. 대본을 훑어보던 상 담사가 다시 말을 꺼냈다.

"그러면 이런 내용으로 오전에 촬영하고, 오후에는 인터뷰를 하 든가 시상식 가는 그런 흐름이면 어떨까요?"

"아뇨. 저는 그냥 이 대본으로 아침부터 저녁까지 계속 촬영만 해 보면 좋겠어요. 물론 조명, 카메라, 분장, 무대, 이런 것들은 다 완벽해 야 하고요."

"온종일 촬영만 한다고요?"

주선은 120만 원에 원더풀 데이 서비스를 계약했다.

"어서 오세요! 규연님, 오늘로 원더풀 데이 서비스를 총 10회 받으셨네요. 골드 클럽 회원권을 드릴게요."

"골드 클럽이요?"

"네. 앞으로 규연님은 20% 할인을 기본으로 받고요. 매번 A급 한 명, B급 두 명을 무료로 체험에 넣으실 수 있어요. 좋죠?

몇 달 동안 규연은 돈을 마련할 때마다 원더풀 데이 서비스를 찾았다. 부모님으로부터 받은 생활비, 친구들에게 빌린 돈을 털어넣었다. 오디션을 보러 다닌 지도 오래됐다. 닥치는 대로 일을 해서 모은 돈을 모두 쏟아부었다. 자신만의 원더풀 데이를 위해.

"규연님. 이번이 총 17회째네요. 3번 더 받으셔서 20회를 채우시면, 그때부터는 다이아몬드 클럽 회원권을 드립니다. S급을 매번 두 명씩 넣을 수 있어요."

"S급을 두 명이나요?"

"네. 그리고 오늘은 제가 특별히 C급을 한 명 더 넣어드릴게요."

"특별 이벤트인가 보네요?"

"네. 맞아요. 이번 주에 업데이트된 스타, 셀럽 목록이 있거든요. 프로모션을 위해 C급을 한 명 더 넣어드릴 수 있어요. 자, 여기 명단에서 한 번 살펴보세요."

규연은 C급 명단을 살펴봤다. C급 명단에 새로 업데이트된 목록은 얼굴과 이름을 어렴풋이 알만한 이들이었다. 그런데 명단 뒷부분에 낯익은 이가 있었다.

"어, 얘는…"

"아! 맞아요. 이분 예전에 규연님 소개로 왔었던 친구분 맞죠? 원래 성함이 뭐였더라? 아무튼 지금은 선우라는 이름으로 활동하는데, 이분이 이번에 새로 개봉하는 봉 감독님 영화에서 단역으로 등장하는데 아주 임팩트가 세다고 하더라고요. 그래서 원더풀 데이에 이렇게 바로 들어오게 되었어요."

상담사가 말한 선우는 주선이었다. 그러고 보니 규연은 거의 1년 가까이 주선을 만난 적이 없었다. 주선뿐만이 아니었다. 원더풀 데이에 빠져들수록 규연은 연기자의 길에서 점점 더 멀어졌고, 다른 지인들과도 이제 연락을 거의 안 하고 지냈다.

"친구분이 봉 감독님 작품에 출연한 것 모르셨어요? 다음 주에 개봉한다고 들었는데…"

"아 그래요?"

"네. 영화를 개봉한다는 소식 듣고 보니, 예전에 친구분이 오셨던 게 기억이 나더라고요. 친구분이 대본 하나를 갖고 왔었거든요. 최대한 대본대로 하루를 다 찍어보고 싶다면서. 그때 갖고 왔던 대본이 바로 봉 감독님이 데뷔할 때 찍었던 작품이었어요. 지금 생각해보니 선우 씨가 봉 감독님 마니아였나 보네요. 저는 그때 참 이상하다고

생각했거든요. 왜 비싼 돈 내면서 히트하지도 않은 지루한 영화를 온
종일 찍어보고 싶다고 하는지…”

✦ 며칠 뒤 ✦

새벽 1시. 형광등을 끄고 침대에 누운 규연. 시간이 얼마나 흘렀
을까. 카톡 수신음이 울렸다.

‘규연아 잘 지내니? 다음 주에 내가 출연한 작품 개봉하는데 혹시
와줄 수 있어? 한동안 소식이 없고 연락도 안 돼서…’

주선이 보낸 메시지였다. 규연은 팝업으로 뜬 메시지만 읽었을
뿐 채팅방에 들어가지는 않았다. 천장을 올려다봤다. 무겁게 닫힌
커튼 사이로 스며든 달빛이 천장에 옅게 흩뿌려져 묘한 형상을 빚어
내고 있었다. 규연은 그 형상을 멍하니 바라봤다. 어느 순간 아무것
도 보이지 않았다. 달빛이 가려진 것인지, 규연이 눈을 감은 것인지,
그저 어둠뿐이었다.

준

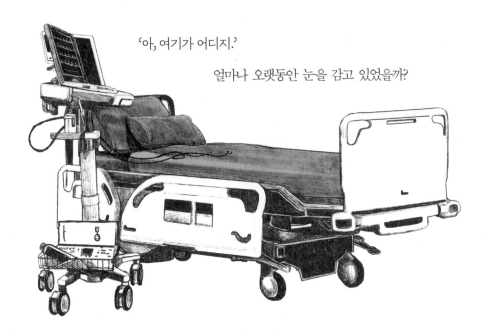

'아, 여기가 어디지.'

얼마나 오랫동안 눈을 감고 있었을까?

마른 풀이 붙어있는 듯 묵직해진 눈을 억지로 떴다.

"아이고, 여보! 얘 눈떴어요!"

주름진 얼굴의 낯선 남성과 여성이 나를 내려다보며 쉼없이 말을 뱉어냈다. 윙윙거리며 그들의 음성이 귓속으로 쏟아져 들어왔지만, 나는 그저 궁금했다.

'나는 누구지? 여기는 어디고, 이 사람들은 누구야…'

눈만 껌뻑거리는 나의 어깨를 움켜잡고 심하게 흔들어댔다.

"준아! 엄마 말 안 들려? 아니면 엄마가 안 보이는 거야?"

병실 문이 소란스럽게 열리고, 의사와 간호사가 달려 들어왔다.

"어머니 진정하시고요. 제가 좀 보겠습니다. 제 말 들리시나요? 손가락이 몇 개로 보이세요? 교통사고 났던 건 기억하세요?"

준

의사에게 듣기에, 빗길에 교통사고가 났고 나는 며칠 동안 의식이 없다가 오늘 깨어났다고 했다. 의사와 간호사는 내 몸에 달린 기기들을 확인하며 알 수 없는 용어들을 쏟아냈다.

"기억에 좀 문제가 생겼나 본데, 다른 부분은 다 정상입니다. 일전에도 어머님, 아버님께 말씀드렸지만, 골절이 있는 부분도 없으니 기억만 돌아오면…"

✦ 다음날 ✦

눈을 떠보니 어머니가 곁에 있었다.

"준아. 아직도 엄마인지 모르겠어?"

"네. 죄송해요 어머니."

"어머니? 아냐. 죄송하긴 뭘…"

"근데, 아버지는 어디 가셨어요?"

"아, 그게 아빠는 잠시… 아이고 내 정신 좀 봐. 간호사 선생님이 검사지 확인할 게 있다고 잠깐 와달라고 했는데, 너 잠깐만 있어라. 엄마가 빨리 다녀올게."

어머니가 앉아계시던 자리를 바라보니 스마트폰이 떨어져 있었다. 좀 전까지 쓰고 계셨는지, SNS가 켜져 있었다.

'어? 이건…'

어머니가 보시던 SNS 채널에는 내 사진들이 가득했다. 하얀색 도복에 검은색 띠를 두르고 체육관과 경기장에서 찍은 사진들이었다.

아이디는 'kijun'.

　잠시 후 어머니가 돌아오셨다.

　"어, 너, 그거…"

　"어머니. 제가 원래 태권도를 잘했나 봐요? 아니 이 사진
을 보니 선수였나 본데요?"

　"그… 그치, 우리 준이. 태권도도 잘했지."

　"어? 이 녀석 깼구나."

　어머니는 병실로 들어서는
아버지의 한쪽 팔을 잡고
는 황급히 병실 밖으
로 나가셨다.

　"이 사람이 왜 이래?"

　"여보. 나랑 같이 저기, 저 간호사
선생님께 잠시 가봅시다."

✦ 다음날 ✦

　정신을 차린 날부터 조금씩 몸을 움직이고 있다. 의사는 내게 무
리하지 말라고 했지만, 좀이 쑤셔서 가만히 있기가 어려웠다. 병실
한편에서 발차기도 해보고 태권도의 여러 동작을 따라해봤다.

　"준아! 너 그렇게 무리하면 안 돼."

　어머니가 병실로 들어오시더니 내 손을 잡고 침대로 이끄셨다.

"아녜요. 어머니, 저 좀 보세요. 저 이런 것도 돼요."

나는 높게 점프하며 공중에서 돌려차기를 해보였다.

"아이고 준아. 안 돼. 이렇게 무리하지 마."

"저 괜찮아요. 어머니. 기준, 이게 제 이름이죠? 어머니가 처음에 준아, 준아, 이렇게 부르셔서 저는 제 이름이 준인 줄 알았거든요."

"그… 그래, 그래 맞아."

"어머니, 저 스마트폰 좀 빌려주시면 안 돼요? 채널에 있는 제 사진들 좀 더 보고 싶어서요."

어머니는 어쩐지 좀 망설이시는 듯하다가 스마트폰을 슬그머니 내미셨다.

"에이, 저 핸드폰으로 다른 것 안 해요. 사진들을 보다 보면, 예전 기억이 돌아오지 않을까 해서요. 저 병원에서 퇴원하면, 다시 운동 열심히 할 거예요. 저 국가대표를 목표로 했던 거 맞죠?"

✦ 다음날 ✦

간호사로부터 예정되어 있던 MRI 검사 일정이 기기고장으로 변경되었다고 안내받았다. 병실에 붙어있는 화장실에서 세수하다가 거울을 보니, 목 오른쪽에 커다란 흉터가 보였다. 이상했다. 어머니의 스마트폰으로 봤던 내 사진들에서 이 흉터를 보지 못했었는데… 그때 병실 문이 열리면서 어머니와 아버지의 목소리가 들렸다.

"준이는 지금 MRI 찍는 거 맞지?"

"네, 어제 간호사가 그랬어요."

"근데, 당신 말이 맞아? 준이가 자기를 기준이라고 안다는 게?"

"네, 확실해요. SNS로 기준이 사진을 보면서 계속 사고 전 자기가 태권도 선수였냐고 물어봐요."

"아이고 나 참, 기가 막히는구먼. 하필이면 멀쩡한 큰놈은 사고로 다 죽어가고, 망나니 같은 작은놈은 멀쩡하고."

"당신은 무슨 말을 그렇게 해요. 준이라도 멀쩡하니 다행이지. 그리고 준이도 지금 기억을 다 잃어서 저러고 있는데…"

"그놈의 자식, 기억을 잃어서 오히려 다행이지. 지가 그동안 뭐 잘한 게 있다고. 기억하나 마나지."

"여보! 어떻게 그런 말을…"

✦ 그날 밤 ✦

"준아. 이러지 말고 집에 가자."

"아이 씨발, 저리 꺼져!"

나와 똑같이 생긴 사람. 형인 기준이 나를 찾으러 왔다. 나는 물고 있던 담배를 바닥에 비벼 끄고는 차에 올라탔다. 기준도 어느새 조수석에 앉았다. 나는 액셀러레이터를 끝까지 눌러 밟았다. 옆에 앉은 기준은 별말이 없었다. 소주 한 병. 평소 같으면 크게 취기가 올라오지도 않을 텐데, 급하게 마셔서인지, 아니면 차창에 흩뿌려지는 빗줄기 때문이지, 시야가 뿌옇게 변해가고 있었다.

"준아! 앞에!"

기준의 다급한 외침에 브레이크를 강하게 밟았다. 거기까지였다. 잠에서 깨어보니, 새벽 4시였다. 온몸이 식은땀으로 흥건했다. 침대에 걸터앉아 꿈속의 일을 되돌려봤다. 하나씩 하나씩 기억의 퍼즐이 돌아왔다. 그리고 그 퍼즐은 또 다른 퍼즐들을 무더기로 물고 와서 내 머릿속을 채워갔다. 모든 게 나 때문이었다.

✦ 아침 ✦

"기준아, 잘 잤어?"

엄마는 나를 기준이라 불렀다. 곁에 있던 아빠가 뭔가 말을 꺼낼 듯했으나, 엄마와 눈이 마주치자 헛기침만 내뱉고는 말을 삼키셨다.

"네 엄마. 아니 어머니. 잘 잤어요. 저 재활실에 다녀올게요."

"벌써?"

나는 재활실에 가지 않고, 병원 앞 벤치에 앉아 머리를 파묻었다. 건너편 벤치에서 간호사들의 대화 소리가 작게 들려왔다.

"근데 이거 정말 너무 열받지 않겠냐? 쌍둥이 아들 둘이 사고가 났는데, 멀쩡하게 운동 잘해서 국가대표 선발을 앞두던 형은 식물인간이 돼서 사경을 헤매고, 운동 때려치우고 막 나가던 동생은 멀쩡하고. 내가 부모라도 열불 나겠어."

"에휴, 그래도 무슨 말을 그렇게 하니. 부모 입장에서는 다 같은 자식일 텐데."

"야. 다 같은 자식은 무슨, 사고도 그냥 난 게 아니라 그 동생이 사고 쳐서 형이 찾으러 갔다가 음주운전해서 난 거잖아. 상대방 차량도 대파되고 사람도 다쳐서, 그쪽 치료비랑 보상비도 부모들이 다 물어주기로 했다는데."

"그나저나 그 형은 회복이 어렵겠지?"

"그럴 것 같아. 안 선생님 말로는 호흡기만 떼면 바로 사망할 거라던데…"

✦ 일주일 뒤 ✦

재활실에 다녀오는 길, 병실 문밖에서 보니 엄마와 아빠가 이야기를 나누고 있었다. 문을 열지 않고 병실 밖 벽에 몸을 기대었다.

"여보. 정말 그렇게 할 거예요?"

"당신도 그걸 원한 거 아니야? 박 원장이 내 40년 지기 친구잖아. 박 원장도 나랑 기준이 엄마 봐서 정말 어려운 결단 내린 거야."

기준 형의 호흡기를 내일 떼기로 했단다. 다만, 죽는 것은 기준 형이 아닌 나, 준으로 바꾸기로 했다고.

"근데 준이가 계속 자기가 기준이라고 생각하고 살까요?"

"그렇게 해야지, 그렇게 되어야 하고. 박 원장 말로도 뭐 확신할 수는 없지만, 영영 기억이 안 돌아오기도 한다니 그걸 바라봐야지."

발길을 돌려서 병원 옥상으로 올라갔다. 옥상 구석에 웅크려 앉았다. 세상으로부터 나를 숨기고 싶었다.

'영영 기억이 안 돌아오기도 한다니 그걸 바라봐야지.'

'영영 기억이 안 돌아오기도 한다니 그걸 바라봐야지.'

'영영 기억이 안 돌아오기도 한다니 그걸 바라봐야지.'

아빠의 음성이 머릿속을 가득 채우며 메아리쳤다.

✦ 그날 밤 ✦

간호사에게 부탁해서 수면제를 먹고 잠을 청했다. 아빠의 음성이 들렸다. 꿈속인지, 아니면 곁에서 나는 소리인지, 아빠의 음성이 나지막이 깔렸다.

"준이 저 녀석이 자기 형의 인생을 훔치는 거잖아? 안 그래?"

"여보, 좀… 준이가 듣겠어요."

"이거 봐, 당신이 이렇게…"

꿈이 끊긴 건지, 그제야 잠이 든 것인지, 엄마와 아빠의 음성이 더 이상 들리지 않았다.

✦

체육관 샤워실에서 씻고 나왔다. 관장님께 인사를 드리러 관장님 방으로 다가가니 관장님과 아빠의 대화가 들렸다.

"아버님, 이번에 중등부 대회에서 저희 체육관은 한 명만 올릴 수 있어요. 그런데 아시다시피 기준이, 준이 모두 기량이 정말 좋아서, 누구를 올릴지 고민이 많습니다."

"둘의 실력이 비슷하다고요?"

"네. 기준이는 뭐랄까 전략적으로 노련하게 플레이하는 편이고, 준이는 반면에 좀 돌발적이고 과감하게 공격하는 편이어서, 대련 훈련을 해보면 둘의 승률이 거의 비슷하게 나오기는 합니다. 그래서 제가…"

"아닙니다. 됐습니다. 기준이를 올려야죠!"

"네? 아버님, 물론 기준이도 잘하지만, 말씀드렸다시피 준이도 너무 아까워서…"

"아이고, 무슨 말씀을요. 형만 한 아우 없다고, 큰아들을 올려야죠. 준이 그놈은 형 따라서 놀러 왔다가 얼떨결에 선수 한다고 저러고 있는 거고. 소질은 기준이, 우리 기준이가 최고입니다."

"아, 그래도…"

"제 말대로 해주세요. 기준이가 최고입니다. 준이 녀석은 안 돼요."

나는 관장님 방에 들어가지 못했다. 체육관 밖으로 달려 나갔다. 빛이 보이지 않는 어둠 속으로 달려 들어갔다. 그 순간 아빠의 음성이 다시 머릿속에 울려 퍼졌다.

'준이, 이 녀석이 자기 형의 인생을 훔치는 거잖아? 안 그래?'

준

크게 소리치고 싶었다. 나는 무엇도 훔치지 않았다고. 그런데 이상하게 입이 움직이지 않았다. 작은 소리도 낼 수 없었다. 그저 마음속 깊은 곳, 빛이 닿지 않는 어두운 바닥으로 말을 삼킬 뿐이었다.

'나는 형의 인생을 훔치는 게 아니야! 그저 아빠가 얘기한 쓰레기 같던 내 인생을 버렸을 뿐이야. 형을 위해서, 그리고 엄마와 아빠를 위해… 난 그저 내 인생을 버렸어. 그게 다야.'

펜트하우스

돈이 필요했다. 아파트 재계약 시점이 불과 한 달 남았는데, 아내 몰래 암호화폐와 가상 부동산에 투자했다가 큰 손실을 본 상황이어서 어쩔 수 없었다. 'J'라는 이로부터 연락을 받은 건 그때였다. 고객 정보 10만 건. 내가 준비할 것은 그게 전부였다.

나는 위치기반 광고를 보여주는 서비스 회사에서 보안책임자를 맡고 있다. 내게 고객정보 10만 건을 빼내는 일은 그다지 어렵지 않았다. 무엇보다 J가 제시한 조건은 너무 달콤했다. 작전이 끝난 후 성공보수는 자기가 번 금액의 정확히 1/2, 작전 과정에서 문제가 생길 확률은 0%. 내가 J에게 보내줄 정보는 고객이 최근 한 달 동안 이동한 동선 기록이었다. 먼저 내 기록을 열어보니 집, 회사, 근처 식당, 술집, 극장, 거래처 몇 곳 정도였다. 대체 이런 기록을 10만 건 모아서 무엇을 하려는 지 이해하기 어려웠다. J는 이런 기록을 활용해서 일주일에 200억 원을 벌고, 그중 절반을 내게 준다고 제의했다.

얼굴조차 모르는 J. 그러나 결심하는데 그리 긴 시간이 필요하진 않았다. 내게는 다른 대안이 없었고 내가 건넬 기록이 별로 대수롭지도 않았으니까. 10만 명의 동선 기록을 모아서 J에게 넘겨줬다. 그게 이 모든 일의 시작이었다.

✦

"여보 무슨 일 있어? 아침부터 넋이 나간 사람 같아."

"어, 아냐. 아무 일도…"

아무래도 스마트폰이 원인이었다. 아침 식사를 하다가 스마트폰 알림이 울린 후 아내는 무엇을 봤는지 그때부터 정신이 딴 데로 간 것 같았다. 밥그릇을 채 반도 비우지 않고, 아내는 출근이 늦었다며 자리를 떴다.

✦

'고객님의 OO코인 계좌에 10,000개의 코인이 입금되었습니다.'

약속한 대로 1주일 만에 작전이 끝났다며 J가 코인 1만 개를 보내 왔다. 코인 1만 개면 100억 원. 몇 번이고 통장을 들여다봤지만 믿기지 않았다. 저녁 시간. 근사한 레스토랑을 예약해 아내와 만났다.

"당신이 웬일로 이런 데를…"

"우리 연애할 때는 이런 데 가끔 오곤 했지. 당신 이런 음식 좋아하잖아?"

"기억은 하는구나. 조만간 전세 계약도 해야 하고…"

"당신도 계속 그 걱정 했었구나. 이제 걱정하지 않아도 돼."

"그게 무슨 소리야?"

"우리 이번 기회에 당신이 원했던 발코니 넓은 펜트하우스로 이사가자!"

"펜트하우스라니. 당장 1억도 힘든 마당에…"

"여보, 내가 그동안 당신 몰래 뭘 좀 했거든."

"당신이 뭘 했는데?"

"내가 실은 예전부터 회사에서 보너스 받은 것
몰래 모아서 암호화폐랑 가상 부동산에 투자해왔
는데, 그게 대박이 터졌지 뭐야. 여보 놀라지 마. 내가 얼마
를 벌었냐 하면 무려 50억 원이야. 50억!"

"당신은 여전히 그렇구나."

"뭐? 무슨 말이야? 당신, 펜트하우스 안 좋아? 50억이라니까!"

"…"

아내는 아무런 말도 하지 않았다. 그저 큰 눈을
껌뻑거릴 뿐이었다. 통장 잔고를 보여주니 내 말을
믿기는 했다. 그런데 어딘가 이상했다. 식사하는 내내
그리고 집에 와서도 아내는 어딘가 다른 세상에 있는
사람 같은 모습이었다.

　　　　　　　　　　　　✦

　　며칠 후 저녁. 아내는 늦게까지 회사에 일이 있으니 내게 먼저 자라고 했다. 아침에 눈을 떠보니 곁에 아내가 없었다. 밤에 들어오지 않았는지, 아니면 벌써 출근했는지. 아내에게 전화를 걸었으나 받지 않았다. 그때 낯선 번호로 전화가 걸려 왔다.

　　"안녕하세요? 저는 OO경찰서의 김홍진 형사라고 합니다. 사기 사건과 관련해서 여쭤볼 게 있는데, 오늘 경찰서로 좀 와주실 수 있으실까요?"

　　1시까지 경찰서로 가기로 했다. 사기 사건, 사기 사건, 형사의 말이 머릿속에서 떠나지 않았다.

　　　　　　　　　　　　✦

　　"어떤 일로 저를 찾으신 거죠?"

　　"전화로 말씀드린 대로 사기 사건이 터져서요. 초대형이네요."

　　"…"

　　"선생님은 참고인으로 모신 거니까 너무 부담 가지실 필요는 없습니다."

　　"참고인이요?"

　　"네. 원래는 아내분을 만나려고 했는데, 아무래도 연락이 안 돼서요. 처음에는 통화가 됐는데, 서에 나온다고 하시더니 어제부터 연락이 끊겨서요. 어쩔 수 없이 가족분에게 도움을 청하게 되었네요."

"제 아내를요? 어떤 일로…"

"모르셨나 보네요."

"…"

"아내분이 협박을 당하신 것 같거든요."

"협박이요?"

사건의 전말은 이러했다. 내 아내를 협박한 이는 J였다. 정확히는 내가 넘긴 기록을 활용해서 J는 아내를 협박했다. J는 내가 넘긴 10만 명의 이동기록을 분석해서, 동선 중에 호텔, 모텔 같은 숙박업소가 있는 이들에게 메신저로 협박 메시지를 보냈다. '나는 당신이 한 일을 다 알고 있습니다. ○○코인 5개를 3일 내로 보내지 않으면, 지인들에게 이 사실을 알리겠습니다.' 동선에 있는 숙박업소의 사진을 이런 메시지와 함께 보냈다. 형사의 말로는 이런 메시지를 대략 5천 건 정도 보냈다고 했다. 내가 넘긴 10만 명 가운데 메시지를 받은 이는 대략 5% 정도로 보였다.

다행히도 형사는 J가 어떻게 피해자들의 정보를 확보했는지는 모르고 있었다. 협박 메시지를 받은 이들 중 암호화폐를 보내온 이는 대략 40% 정도, 2천 명으로부터 뜯어낸 코인이 총 1만 개였다. 그러나 J의 협박은 거기서 멈추지 않았다. 코인을 보내온 2천 명에게는 다시 10개의 코인을 더 보내라고 했고, 10개의 코인을 보내온 이들에게는 다시 20개의 코인을, 그 다음에는 40개의 코인을 요구했다. 그렇게 해서 J가 가져간 코인은 대략 2만 5천 개로 추정된다고 했다.

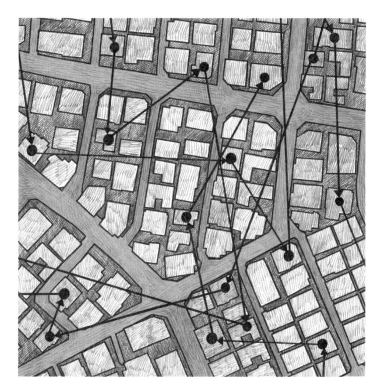

J로부터 협박받은 이들 가운데 신상이 파악된 이가 일부 있었고, 그 명단에 아내가 있었다.

✦

2주가 지났다. 아직도 아내는 나타나지 않았다. 경찰이 아내를 찾고 있으나, 생활 반응이 없다고 했다. 아내의 소셜미디어, 신용카드 기록, 통화내역, 모든 것을 뒤져봐도 아내를 찾을 수 없었다. J에게 연락을 했으나 아무런 반응이 없었다. 경찰도 수사를 진행하고 있지만, J가 누구인지 알 수 있는 아무런 단서도 확보하지 못했다고 했다.

아내는 J에게 코인을 송금했을까. 대체 왜 코인을 보냈을까. 그리고 지금은 어디에 있는 것일까.

◆

대략 반년이 더 흘렀다. 여전히 내 곁에는 아내가 없다. 텅 빈 펜트하우스에는 나 혼자뿐이다. 경찰의 수사도 이제 흐지부지되는 느낌이었다. 그때 암호화폐 지갑에 알림이 울렸다.

'고객님의 OO코인 계좌에 2,500개의 코인이 입금되었습니다.'

누구지? 대체 누가 내게 이렇게 큰돈을 보냈지? 아무리 생각해봐도 짐작조차 할 수 없었다. 잠시 후 해외에서 발신한 문자 메시지가 하나 들어왔다.

'약속대로 이제 정확히 1/2. 실종자? 도망자? 아무도 찾지 말기를'

1/2. J가 했던 약속이었다. 처음에 받은 1만 개의 코인을 합하면 총 12,500개, 정확히 1/2을 받은 셈이었다. 메시지를 발신한 번호로 바로 전화를 해봤으나 착신할 수 없는 번호라는 안내만 흘러나왔다.

✦

서너 달이나 더 지났을까. 경찰 수사는 이제 내부적으로 끝난 느낌이었다. 해외에서 발생해서 손대기 어려운 사건, 인터폴에 협조 공문을 보내놓은 사건, 그렇게 말이다. 오랜만에 친구들과 골프를 즐기고 집으로 돌아오니 우편물 하나가 현관 앞에 놓여있었다. 발신인은 없었다. 봉투를 열어보니 사진 한 장이 들어있었다. 해안가. 백사장에 놓인 썬베드, 그 뒤로 오가는 몇 명의 외국인들. 그게 전부였다. 사진을 뒤집어보니 메시지가 적혀있었다.

'당신이 꿈꾸던 펜트하우스, 내가 꿈꾸던 낭만, 늘 다른 세상에 살던 당신, 이제 영원히 안녕 – 정진주, J'

정진주는 내 아내의 이름이었다. 메시지를 서너 번 반복해서 읽던 나는 자리에 주저앉아버렸다. 무슨 일이 생긴 건지. 이게 대체 무슨 말인지. 머릿속이 몽롱해지며 구토감이 밀려왔다. 찬바람을 느끼고 싶었다. 창문을 열려고 했으나 펜트하우스의 거대한 창은 조금도, 아주 조금도 움직이지 않았다. 다음날도 그 창은 쉽게 움직이지 않았다. 그렇게, 그렇게 나는 펜트하우스의 거대한 창 뒤에 갇혀버렸다. 아니 숨어버렸다.

"근데 이렇게 가짜로 꾸며서 살다가 시청자나 팬들에게 들키면 문제가 커지지 않을까요?"

"아이고 한윤 씨. 걱정하지 마세요. 지난번에 50만 카피 판매한 영화배우 강민 씨도 아무 문제 없었어요."

KBN 안 피디는 〈나 혼자 안 산다〉라는 예능프로그램으로 돌풍을 일으키고 있다. 꾸준히 인기를 끌어온 관찰 예능프로그램을 확장한 콘셉트이다. 연예인은 방송국에서 제작해준 가짜 1인 하우스에서 거주한다. 집을 채우고 있는 가구, 전자제품, 소품, 생활용품 등은 전부 PPL이다. 물론 시청자들은 그 집을 실제 연예인이 사는 공간으로 여기고, 그곳에서 사는 모습을 평소 연예인의 생활이라 믿는다. 이 부분이 중요하다. 그런 믿음을 바탕으로 가짜 집에 담긴 수백 종의 PPL 상품이 광고되는 셈이다.

"다른 관찰 예능처럼 사는 모습만 보여주고 VR은 빼면 안 될까요?"

나 혼자 안 산다

"그건 곤란합니다. 협찬사들이 PPL을 넣는 이유가 VR로 함께 사는 콘셉트 때문인데, VR을 빼면 PPL 다 날아가죠."

연예인이 사는 가짜 1인 하우스는 정교한 3D 모델링을 통해 집 안에 있는 먼지 하나까지 가상공간에 재현된다. 방송에서는 이 공간을 '얹혀사는 집'으로 상품화하여 시청자들에게 판매한다. 3만 원을 내고 콘텐츠를 다운로드하면, 시청자는 VR 헤드셋을 착용하고 가상공간 속 연예인이 사는 집에서 똑같이 살 수 있다.

"그래도 지난번에 강민 씨 촬영하는 거 보니까, 팬들이 강민 씨 옷장 다 뒤져서 속옷도 들춰보고 하던데, 찝찝해서…"

"그게 핵심이죠. 그런데 뭐 그렇다고 해서 팬들이 실제로 강민 씨 속옷을 만진 것도 아니잖아요. 배치된 속옷도 다 PPL이고, 팬들이 가상공간에서 들춰보는 건 진짜가 아니라 일종의 게임 아이템 같은 거니까 그리 신경 쓸 필요 없어요."

한윤과 안 피디의 대화가 평행선을 달리자 소속사 노 이사가 끼어들었다.

"한윤아. 이번에 재미난 이벤트도 많이 기획했어. 자 이것 봐봐. 네가 마트에서 장을 봐와서 식탁에 올려두는 것까지 해서 컷. 그러면 그 부분까지 보고 시청자들이 VR로 네 장바구니를 뒤져보는 거야. 그리고는 네가 어떤 요리를 해 먹으려는 건지 맞히는 거지. 다음에는 저녁 8시에 친구가 선물 들고 놀러오는 장면에서 컷. 시청자들은 아침에 다시 VR로 들어가서 밤 사이에 어떤 물건이 집 안에 새로 생겼는지, 그러니까 친구가 사 온 선물이 무엇인지 찾아보는 거야. 이거 나 어릴 적 하던 보물찾기 생각난다."

✦ 일주일 뒤 ✦

"와, 한윤 씨 대박이죠! PPL이 무지막지하게 들어왔어요. 화장실 좌변기에 비데까지 심지어 샤워기 꼭지도 들어왔네요. 역시 한윤 씨 인기가 어마어마하네요."

안 피디와 노 이사는 한윤의 눈치를 계속 살피면서, 이번 프로그램에 관한 기대감을 연이어 쏟아냈다.

"알았어요. 잘 해볼게요."

"그래 그래. 고맙다 한윤아. 너 이번에는 지난번처럼 중간에 또…"

"아 이사님! 알았다고요. 그때는 실수였고, 아무튼 이번에는 좀 그냥 믿어줘요."

"노 이사님! 걱정하지 마세요. 이게 뭐 실시간 관찰 형태도 아니고 저희가 촬영본 싹 다 세밀하게 뒤져서, 혹시 화면 구석에라도 애매한 거 잡히면 다 들어낼 테니까 걱정 붙들어 두세요."

✦ 이주일 뒤 ✦

"한윤아, 너희 집 다운로드 수가 벌써 30만을 넘었단다. 지난번 강민이보다 더 빠른 속도야."

"참 나. VR 집에 뭐 볼 게 있다고…"

한윤은 노 이사가 들이민 태블릿에 보이는 판매 현황을 무심한 듯 곁눈질로 훑어봤다. 하지만 뒷장에 붙은 강민과의 비교자료를 보니 올라가는 입꼬리를 감추기 어려웠다.

"그래 한윤아. 대박이야 대박. 끝까지 좀 조심해서 알지?"

"아이 참. 또!"

✦ 이주일 뒤 ✦

"안 피디님. 카메라에 녹화된 건 정말 아무것도 없나요?"

"아, 저희도 답답하네요. 경찰들도 계속 닦달하는데, 저희가 한윤 씨 요청으로 카메라를 내부에서 끌 수 있게 했었잖아요. 어젯밤 10시까지는 녹화가 되었는데, 그때 누군가가 초인종을 눌렀고, 이후로 관찰 카메라가 다 꺼졌어요. 그러니까 한윤 씨가 다 끈 건데 녹화된 게 없으니 누가 왔는지, 뭔 일이 있었는지 저희도 알 도리가 없죠. 경찰에서는 저희가 뭐라도 숨기는가 싶은지 계속 볶아대는데, 정말 기록된 게 하나도 없어요. 저희가 뭘 숨기겠어요?"

"아 정말 미치겠네요. 대체 뭔 일이 있었던 건지…"

한윤이 〈나 혼자 안 산다〉를 시작한 지 한 달여 만에 VR 콘텐츠 다운로드는 60만 건을 기록했고 PPL은 총 423가지나 들어왔다. 그런데 어젯밤, 한윤은 죽었다. 진짜 자기 집이 아닌 가짜 집에서 밤 10시 카메라를 끈 후에 찾아온 누군가를 만났고, 카메라가 계속 꺼져 있어서 확인차 집으로 찾아온 제작진에 의해 시신으로 발견되었다.

"안 피디님. 정말 이래도 될까요?"

"노 이사님께서도 잘 아시겠지만, 저희도 변호사에게 다 확인해 봤어요. 이게 뭐 시신을 보여주는 것도 아니고. 현장을 훼손하는 것도 아니잖아요. 아직 경찰은 단서도 제대로 못 찾았고요. 얼마나 좋아요. 국민의 사랑을 받던 아티스트 한윤의 죽음을 팬들이 함께 파헤친다. 경찰의 무능함에 분노한 팬들. 이런 콘셉트 좋죠."

"그러니까 한윤이가 죽은 현장을 VR에 그대로 옮겨서 공개하는 거죠? 시체가 있던 자리는 영화에서처럼 하얀 페인트 같은 것으로 테두리 그려두고…"

"그쵸. 바로 그거죠. 그렇게 하는데 뭐 법적으로 문제가 될 건 없어요. 논란이요? 잘 아시잖아요. 그런 논란 자체가 흥행거린데요. 팬들이 나서서 현장을 살펴보고 추리해서 범인을 찾아보는 콘셉트. 좋잖아요?"

"아 근데, 현장에 없던 물건을 껴 놓는 건 괜찮을까요?"

"아이고 노 이사님. 걱정이 너무 많으시다. 한윤 씨 사건 터진 후에 VR 콘텐츠 다운로드가 30만이나 더 올랐어요. 이게 무슨 소리겠어요?

팬들뿐만 아니라 다른 사람들도 지금 관심 집중이에요. 많지도 않고 딱 PPL 15개만 더 올려보려고요. 사건과 관련 없는 것들이고, 실제로 현장을 훼손하는 것도 아니니 걱정마세요."

✦ 일주일 뒤 ✦

"한윤이 아버님, 어머님께서 어떻게 여기까지…"

한윤이 속해있던 기획사의 회의실에 노 이사와 한윤의 아버지, 어머니가 함께 앉아있다.

"이사님께 이것을 꼭 전해드리고 싶어서요."

어머니는 품속에서 작은 다이어리를 꺼내 노 이사 앞에 내려놓았다. 몇 년 전에 기획사에서 제작했던 다이어리였다.

"어머님. 이게 뭐죠?"

"처음에 한윤이 데뷔할 때 이사님께서 한윤이 주셨던 거잖아요. 한윤이 물건을 살피다 보니, 여기에 일기를 써왔더라고요. 뭐 매일 쓴 건 아니고, 이따금 몇 줄씩 썼는데…"

"아 그렇군요. 그런데 이걸 왜 제게…"

"일기에 노 이사님 얘기가 자주 나와서요. 못난 아비, 어미가 뒷바라지도 제대로 못해줬는데, 혼자 코인 노래방 가서 영상 찍어서 유튜브에 올리고, 그걸 노 이사님께서 보시고 먼저 연락주셔서 여기까지 이끌어 주셨잖아요. 한윤이와 저희에게 이사님은 은인이신데…"

"…"

"그 녀석이 저 닮아서 무뚝뚝하고 욱하는 성격이 있고 뭐 그래도, 그동안 이사님께 정말 감사했나 봐요. 이사님을 친형처럼 생각하고…"

"…"

"아마 그간 말로 꺼내지 못한 것들을 많이 적어둔 것 같아요. 이사님께 늘 감사하다고. 특히 일전에 사고 쳤을 때도 겉으로는 오히려 화만 내고 그랬지만, 속으로는 이사님께 많이 미안하고 반성했나 봐요. 일기에 다 있더라고요."

한윤의 아버지, 어머니는 다이어리를 노 이사에게 건네주고 자리를 떠났다. 한윤의 삶이 담긴 다이어리. 노 이사는 선뜻 그 다이어리에 손을 대지 못했다. 그때 전화벨이 울렸다.

"노 이사님! 예상대로 대박입니다. 사건 현장 콘텐츠팩 올렸더니 지금 다운로드 폭주입니다. 제가 저녁에 한턱 쏠게요."

"…"

"노 이사님! 제 말 안 들리세요?"

어딘가로 사라졌으면. 아무런 의식도 기억도 그리고 기록도 없는 곳으로 사라졌으면. 그저 사라졌으면.

ViewTube

김지수(MC, 이하 '김'): 시청자 여러분, 안녕하세요? 10분 핫토론입니다. 사회를 맡은 김지수 인사드립니다. 먼저 오늘 패널분들부터 소개해드리겠습니다. 제 오른쪽은 미디어 평론가인 민서진 박사님이시고요. 왼쪽에는 뷰튜브(ViewTube)의 박연우 이사님, 그 옆으로 뷰튜브 매니아 중 한 분인 대학생 강희수 씨가 함께 하셨습니다.

민서진(이하 '민'), 박연우(이하 '박'), 강희수(이하 '강'): 안녕하세요. 반갑습니다.

김: 뭐 이제 유튜브(YouTube)의 시대는 가고 뷰튜브의 시대가 왔다. 최근에 이런 기사들도 많이 나오는데요. 그래도 아직 뷰튜브보다는 유튜브에 익숙한 장년층이 있으실 테니, 먼저 박 이사님께서 뷰튜브에 대해 짧게 소개해주실까요?

박: 뷰튜브는 말 그대로 타인의 뷰(View), 즉 시선을 그대로 엿본다는 데서 따온 서비스 명칭입니다. 요즘 뷰튜브에서 가장 핫한 것이 데이트를 보여주는 뷰크리에이터(View Creator)들인데요. 예를 들어 남자 뷰크리에이터의 콘텐츠를 시청하는 사람, 즉 뷰어(Viewer)는 한 남자가 어떤 여성분과 데이트하는 모습과 소리를 그 남자의 두 눈, 두 귀로 그대로 보고 듣는 것 같이 즐길 수 있죠.

김: 그렇습니다. 그래서 뷰튜브의 기본 디바이스가 바로 여기 있는 뷰크리에이터용 뷰센더 그리고 뷰어용 뷰리시버 장치죠. 뷰센더는 안경과 비슷하고 뷰리시버는 VR 고글같이 생겼네요. 뭐, 뷰센더

와 뷰리시버는 시중에 수십 종이 나와 있고요. 그런데 처음에 뷰튜브는 이런 서비스를 어떻게 시작한 거죠?

민: 많은 분이 뷰튜브의 시작을 뷰튜브에서 했다고 생각하시는데요. 사실 뷰튜브는 김상균 교수가 먼저 디자인했습니다. 제가 김 교수님이 특허청에 등록했던 최초의 뷰튜브용 뷰센더 사진을 가져와 봤습니다. 뭐, 지금의 뷰센더처럼 세련된 느낌은 아니지만, 바로 이 장치가 뷰튜브의 시작이었습니다. 양쪽 눈에 있는 카메라가 두 눈이 바라보는 장면을 입체로 촬영하고, 양쪽 귀에 달린 마이크가 소리를 입체로 잡고요. 또 진동도 측정합니다. 그래서 뷰센더가 바라보는 영상, 듣는 소리, 느끼는 진동을 모두 입체, 실시간으로 멀리 있는 뷰어들에게 전송하는 방식입니다.

박: 맞습니다. 이 장치에 관한 특허를 저희가 인수하면서 뷰튜브 플랫폼이 시작된 셈입니다.

김: 처음에는 주로 어떤 콘텐츠가 뷰튜브에 많이 올라왔나요?

강: 저는 뷰튜브를 초창기부터 꾸준히 봤는데요. 처음에는 주로 국내 아이돌 그룹들이 무대에서 공연하면서 뷰센더 장치를 착용하고 뷰크리에이터 역할을 많이 했습니다. 걸그룹 팬클럽 활동하다가, 멤버들이 무대에서 무엇을 보고 듣는지 궁금해서 뷰튜브를 쓰기 시작했거든요.

김: 그렇군요. 저도 아이돌 그룹 뷰크리에이터들의 콘텐츠를 뷰리시버로 몇 번 봤는데. 참 신기하고 재밌더군요. 자, 근데 최근에는 이런 아이돌 그룹보다 일반인들이 뷰크리에이터로 더 많이 활동하고 있다 들었습니다.

박: 맞습니다. 연예인들이 자신의 시선을 실시간으로 송출하고 판매하던 게 시작이었는데, 그다음에는 스포츠 스타들이 뷰크리에이터로 참여하기 시작했고요. 유럽리그 축구선수들의 콘텐츠만 보려고 뷰리시버를 구매한 구독자들도 꽤 많습니다. 그런데 최근에는 앞서 말씀하신 대로 일반인들의 데이트, 회사생활, 취미활동, 일상 등 종류를 헤아릴 수 없는, 거의 모든 시선이 뷰튜브에서 실시간으로 송출되고 있죠.

김: 모든 것들이 송출된다. 바로 이러한 부분에서 뷰튜브의 성장에 관한 우려의 목소리도 상당히 큰데요. 그 부분에 대해선 어떻게 생각하십니까?

민: 네, 최근에 '은밀한 시선'이라는 뷰튜브 채널을 운영하는 뷰크리에이터가 이슈화되었죠. 클럽, 카페, 대중교통들을 돌아다니면서 여성들을 힐끗힐끗 쳐다보는 뭐 그런 콘텐츠입니다.

김: 힐끗힐끗. 그게 정확히 어떤 문제가 있는 거죠?

민: 이 채널이 명칭부터 그렇지만, 좀

관음증적 성격이 있거든요. 물론 대놓고 뚫어지게 쳐다보거나 옷속을 들여다보는 건 아닙니다. 뷰크리에이터는 그저 거리의 풍경을 송출한다는 건데, 이게 좀 애매한 면이 있죠.

박: 공개된 공간에서 누군가가 자신의 눈으로 무엇을 보고 듣는다고 해서 그게 타인의 권리를 침해했다고 하기는 어렵습니다.

민: 에이, 그건 아니죠. 송출하잖아요. 그러면 뷰리시버로 그걸 보는 이들이 있고.

박: 뷰튜브는 아시다시피 영상, 소리가 저장되는 것을 기술적으로 완벽하게 차단하고 있습니다. 그래서…

김: 아, 죄송하지만, 그 부분은 일단 좀 접어두고요. 대학생 강희수 씨에게 궁금한 게 있습니다. 보통 대학생들이 뷰튜브를 얼마나 사용하나요?

강: 제 주변 친구들을 보면 하루에 대략 6~7시간은 쓰는 것 같아요. 제 친구들은 연예인이나 스포츠 스타들의 콘텐츠보다는 일반인들 콘텐츠를 더 많이 보는 편이고요.

김: 하루에 6~7시간이면, 잠자고 수업 듣거나 공부하는 시간을 빼면, 뭐 밥 먹는 시간 말고는 거의 뷰튜브를 보는 셈 아닌가요?

민: 그게 문제입니다. 내 눈이 아닌, 타인의 시선을 빌려서 세상을 보는 세대가 되어가고 있어요. 내 눈으로 본다고 그게 다 내가 보는 게 아닌데…

김: 말씀 중에 죄송한데요. 10분이 다 되었네요. 늘 그렇지만, 저

희는 딱 여기까지 10분으로 이야기를 마무리하겠습니다. 10분 핫토론 김지수였습니다.

✦ 방송 카메라 Off ✦

김, 민, 박, 강: 모두 고생하셨습니다.

김: 앗, 잠시만요. 민 박사님 지금 혹시 뷰센더 끼고 계신 건가요? 뷰센더를 끼고 방송하신 거죠? 방송 중에 뷰센더 끼시면 안 된다고 사전에 말씀드렸는데, 아 나 참.

민: 그게 아무래도 구독자들이 있다 보니, 죄송합니다.

"이렇게 서비스는 총 세 가지 타입이 있는데, 뭐 온라인에서 많이 알아보고 오신 게 여기 있는 판타지 패키지, 그리고 이쪽에 있는 게 셀럽 패키지, 이렇죠."

성철과 미주는 휘둥그런 눈으로 홀로그램 카탈로그를 바라봤다. 조금 전에 대리점 매니저가 스캔한 성철의 얼굴 위로 롤플레잉 게임 속 남자 주인공과 닮은 캐릭터의 얼굴이 덧씌워져 있었다. 옆쪽에는 미주의 얼굴에 일본 애니메이션 속 여자 주인공과 비슷한 얼굴이 덧씌워진 채 360도로 돌아가고 있었다.

"오늘 잘 오신 겁니다. 프로모션이 내일이면 끝나거든요. 신규 론칭 행사 중인데 벌써 가입자가 어마어마합니다. 10G 상품하고 결합해서 구매하시면, 1년 동안 증강현실 렌즈, 앱, 그리고 캐릭터 사용료까지 모두 무료로 써보시는 겁니다. 물론 약정 기간이 3년이기는 하지만…"

"그러니까 제가 이 증강현실 렌즈를 끼고 있으면 미주의 얼굴이 이 애니메이션 캐릭터로 보이는 거죠?"

"그렇죠. 홀로그램에서 보듯 분간이 안 되게 완벽히 그렇게 보이는 거죠. 보통 자기 전에 빼셔도 되지만, 뭐 침대에서 끼고 주무셔도 괜찮아요. 보통 잠자리에서… 하여튼 20시간 연속으로만 안 쓰시면 돼요. 빼셨을 때는 꼭 이 살균 램프에 넣어두시고요."

"저, 아까 체험도 된다고 하셨잖아요? 그럼 제가 렌즈 끼고 성철 오빠가 어떻게 보이는지 직접 해봐도 되나요?"

"네 그럼요. 홀로그램 카탈로그로 보신 건 판타지 패키지였고, 체험은 셀럽 패키지로 해보시죠. 어디 보자… 선호하시는 타입이 배우 김우주 씨라고 하셨네요. 그 분으로 세팅해서 보여드릴게요."

대리점 매니저는 태블릿에 뭔가를 입력하면서 설명을 덧붙였다.

"판타지 패키지까지는 3년 약정 시 1년이 무료지만, 김우주 씨는 셀럽 패키지여서, 선택 시 매달 5만 원의 라이센스비를 내셔야 합니다. 여기 써보시죠."

미주는 건네받은 렌즈를 양쪽 눈에 넣었다. 눈앞에서 옅은 푸른 빛이 몇 번 깜빡거렸다.

"신랑분 쪽을 보셔야죠."

미주는 성철 쪽을 바라봤다. 성철의 모습은 영화배우 김우주로 바뀌어 있었다. 너무 신기해서 자리에서 일어선 채 주위를 두어 바퀴 돌며 성철을 바라봤다. 어느 쪽에서 봐도 영락없이 영화배우 김우주의 모습이었다.

"하하하, 다들 그렇게 신기해하세요."

좋아하는 미주의 입가에 감도는 미소를 바라보던 성철의 눈꼬리가 살짝 떨렸다.

"그런데 아까 서비스가 총 세 가지 타입이라고 하셨잖아요? 판타지랑 셀럽이면, 나머지는 뭐죠?"

"그거요. 사실 그건 좀 비밀스러운 거라 친한 분들 아니면 보여드리지 않는 건데, 저희 점장님께서 후배분이라고 다 설명해주라고 하셔서 말씀드리는 겁니다. 셀럽이나 연예인 중에서 라이센스비를 받고 셀럽 패키지 모델로 활동하는 이들도 있지만, 또 톱스타들은 아직 라이센스 안 된 분들이 더 많거든요. 그런데 뭐 기술적으로는 안 될 게 없죠. 톱스타일수록 이미 3D로 스캔 된 자료가 넘쳐나는걸요. 그래서 정식 라이센스는 안 받았지만, 슬쩍 톱스타들 캐릭터를 심어서 쓸 수는 있어요."

"그럼 혹시 제가 얘기했던 그 여배우도……."

"어디 보자. 이분이요? 이분 데이터 많죠. 콘텐츠 넣을 수 있어요. 그런데 어디 가서 저희 대리점에서 이 콘텐츠 받았다고 얘기하시면 큰일납니다."

어느새 성철도 렌즈를 눈에 끼고는 미주의 주위를 둘러보고 있었다. 성철의 눈에 자신을 바라보며 행복해하는 미주의 모습, 아니 여배우의 모습이 들어왔다.

"어떻게 하실래요? 지금 바로 계약하실래요?"

성철과 미주는 렌즈를 뺀 채 서로를 곁눈질하며 뭐라 말을 꺼내지 못했다. 서비스 조건만 물어보며 시간을 끌다가 대리점 문을 나섰다.

"말씀드린 대로 프로모션 기간이 내일까지니까 생각 잘해보고 오세요."

그날 저녁, 잠자리에 누운 성철의 스마트폰에 문자가 들어왔다.

'낮에 봤던 대리점 매니저입니다. 신랑분과 신부분이 동시에 가입하지 않고 신랑분만 신부분 모르게 가입하는 것도 가능합니다. 프로모션 조건은 동일하고요.'

잠시 후 미주의 스마트폰에도 문자가 들어왔다.

'낮에 봤던 대리점 매니저입니다. 신랑분과 신부분이 동시에 가입하지 않고 신부분만 신랑분 모르게 가입하는 것도 가능합니다. 프로모션 조건은 동일하고요.'

작가의 말

이 책은 메타버스의 미래를 보여주는가? ● ● ●

형철과 미선(아무도 없었다), 현아 아빠(올
드보이의 악몽), 시우(브레인투어), 주연(나
는 나를 해고했다), 영애(당신은 사랑받았습
니다), 김상균(언아더월드), 기수(연애인), 다
은(핑크빛 평등), 규연과 주선(원더풀데이).
이들 외에도 이 책에는 여러 인물이 등장
합니다. 당신은 그들 중 누구인가요? 오늘
의 당신은 누구이며, 내일의 당신은 누구
를 향하고 있나요?

많은 분들이 메타버스가 무엇인지, 현

재 어디까지 왔으며, 그 미래는 어디를 향하고 있을지에 대해 제게 물어옵니다. 저는 답을 알지 못합니다. 다만, '오늘의 당신은 누구이며, 내일의 당신은 누구를 향하고 있나요?'라는 질문에 관한 여러분의 대답들이 모인 곳에 메타버스의 오늘과 내일이 있으리라 짐작합니다.

왜 작가가 실명으로 이야기에 등장하는가? ●●●

이 책의 여러 군데에 제가 실명으로 등장합니다. 자기애가 넘쳐서 그렇게 저를 등장시킨 것은 아닙니다. 저는 인간의 마음을 연구하는 학자입니다. 제게 있어 메타버스는 인간의 마음을 연결하는 새로운 세상입니다. 그 세상은 제게 기대와 두려움을 동시에 던져주고 있습니다. 그런 기대와 두려움을 이야기 속 김상균에게 투영했습니다. 제가 느끼는 두려움에 메타버스의 미래가 닿지 않기를 바라기에, 제가 하는 연구가 세상에 어떤 영향을 주는지 스스로 돌아보기 위해, 저 자신을 그렇게 독려하기 위해 김상균을 등장시켰습니다.

제가 실명으로 등장하는 것뿐만 아니라, 실제 학술논문도 일부 인용하고 있습니다. 소설 속 스토리가 그저 헛된 망상이 아님을 얘기하고 싶었습니다.

작가가 꿈꾸는 메타버스는 무엇인가? ●●●

"인간은 파괴될지언정 패배하지 않는다(A man can be destroyed but not defeated)." 어니스트 헤밍웨이의 작품 노인과 바다에서 주인공이 남긴 말입니다.

메타버스를 도피, 기만의 세상이라 걱정하거나 비판하는 이들이 있습니다. 그들의 걱정과 비판이 맞는다면, 메타버스는 인간을 패배시키는 디스토피아일 뿐입니다. 저는 메타버스가 그저 한없는 따듯함, 행복, 평화만을 전해주는 세계가 되지는 않으리라 생각합니다. 그렇게 되기를 바라지도 않습니다. 저는 메타버스가 인간 존재의 의미를 찾는 또 다른 세계이기를 희망합니다. 그 과정에서 우리는 상처받고, 아프고 때로는 파괴될지도 모릅니다. 하지만 헤밍웨이가 남긴 문장처럼, 여전히 우리가 패배하지 않는 세계이기를 꿈꿉니다.

작가의 말

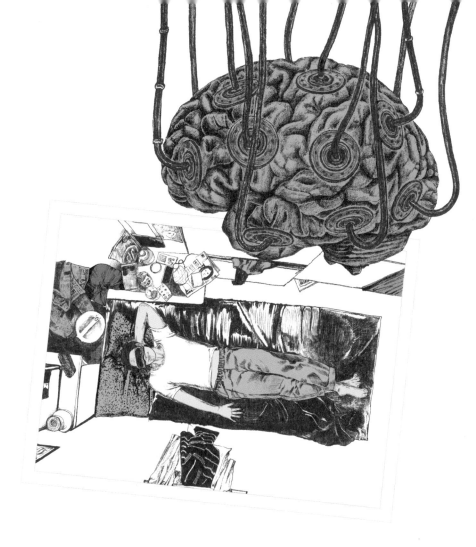

작가는 어디를 향해 가는가? ●●●

답하기 어려운 질문을 찾아 현실 세계와 메타버스를 오가는 여정을 계속하려고 합니다. 답하기 어려운 질문을 찾아내고, 엉킨 실타래를 풀어내는 과정, 그게 앞으로도 제가 가려는 길입니다. 그 길에는 인간의 마음에 관한 제 호기심과 집착이 늘 함께하리라 예상합니다.

학술 논문, 전문 서적, 소설, 제가 짓는 모든 글들은 독자들이 읽고 사고해주는 과정을 통해 완성됩니다. 제 길이 조금씩 완성되도록, 제가 길을 찾아 나아갈 수 있도록 빛을 비춰주시는 독자 여러분에게 진심으로 감사합니다. 당신은 제게 빛입니다.

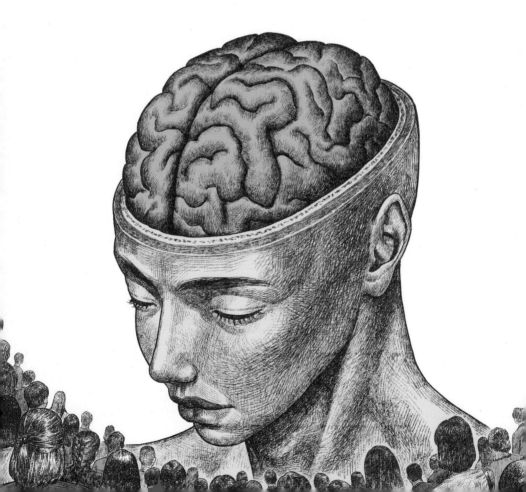